あんの夢

お勝手のあん

柴田よしき

時代小説文庫

角川春樹事務所

目次

あんの夢

お勝手のあん

一　かちんこちん

颶風《ぐふう》の高潮で、やすが愛する品川《しながわ》の町は海に沈んだ。

水がひくと、そこに残されていたのは瓦礫《がれき》と泥とごみ、そして人の亡骸《なきがら》。それらは数日で悪臭を放つようになり、人々は無言でそれらを片付けることに没頭した。亡くなった人が多すぎて葬《とむら》いが間に合わず、壊れた家を直したくても大工はおろか、材木すら手に入らない。紅屋《くれないや》はかろうじて建ってはいたが、一階部分は全《すべ》て水に浸《つ》かり、二階は強風で屋根も壁も壊れて使いものにならなかった。もちろん旅籠《はたご》の商売は休むしかない。二階にあげておいた掛軸や客用の布団は、いくらか使える物も残っていたが、一階の畳は外して積んであったにも拘《かか》わらず、すっかり泥水に浸かってしまっていた。洗って乾かしても臭《にお》いや染みは取れないだろう。客室の畳としてはもう使えない。

それでも、颶風を予見した辰三《たつぞう》さんの言葉を信じて、貴重な品物や米、醤油《しょうゆ》などは蔵に運んであったので、昨年の地震の時と同じように、炊き出しをして町の人たちに配ることはできた。

やすはおまきさんと一緒に、波にさらわれずに残っていた竈《かまど》に、泥の中から集めて来た木切れなどを乾かしてそれをくべ、飯を炊《た》いた。炊けた飯を塩むすびにし、配って歩く。長屋暮らしの奉公人たちは、長屋の建て直しにかかりきりで、紅屋を休んでいる。幸いなことに、紅屋の奉公人は皆無事だったが、同じ品川でも長屋ごと高潮に持って行かれて一人も残らなかったところもある。

「それにしたって、地震の翌年は高潮だよ」

おまきさんは溜息《ためいき》をついた。

「せっかく改元したってのに、あんまり効き目がなかったねえ。安政《あんせい》ってのもそんなにいい元号じゃないのかね」

地震も高潮も天のすること。元号を変えても人の力でどうこうできるものではないのだろう。

それでも、品川の人々は逞《たくま》しかった。高潮から十日もすると、壊れた店の前に屋台を出して飲み食いさせるところも増え、とりあえず屋根が残っている旅籠や遊女屋は商売を始めた。紅屋も、男衆や番頭さんがあちこちから使えそうな板切れを拾って来ては、素人の金槌《かなづち》ながらそれらをあちこちに打ち付け、大旦那《おおだんな》さまの親戚筋《しんせきすじ》からお見舞いと称して畳が三部屋分ほど送られて来たので、客間が三つ、人が泊まれる形には整った。

「おやす、献立を考えるぞ」

政《まさ》さんが嬉《うれ》しそうに勝手口から飛び込んで来た。

「おや政さん、長屋の方はもういいのかい」

おまきさんが訊《き》くと、政さんは笑顔で答えた。

「とりあえず寝られるようには直したよ。俺《おれ》のとこは水に浸かってねえから、屋根さえのっければ住むことはできる。あとは大家に任せるよ。それより、明日から客を泊めると番頭さんが言ってるんだ。三部屋だけだが、なんとか食べられるもんを集めて来て、みっともなくない夕餉《ゆうげ》を出さねえとな」

「とは言ってもさ、魚はまだ手に入らないだろ。豆腐屋だって跡形もなく壊れちまってるじゃないか。それに台所も、蔵に運んだ包丁なんかはあるにしても、鍋釜《なべかま》が足りないよ。野菜だって潮に浸かった畑は全滅で、八百屋に品が入らないってさ。どうするんだい。米と梅干しだけじゃ、どうにもならないよ」

「だからそこを考えるんだ。実際、もう商売を始めた旅籠もあるんだ、やってやれねえことなんかねえよ。おやす、今から一緒に蔵まで行って、何が残っているか漁《あさ》ってみよう」

「へえ。けど食べられそうなものは、みんな炊き出しに使ってしまいましたよ」

「それでもなんか残ってるもんさ」

政さんは、お気楽に思えるほど明るかった。

人は逆境に立たされるほど強くなれる。政さんを見ているとそう思う。いや、政さんにしてみれば、地震だの高潮だのは、命さえ助かればどうとでもなる、そうしたものなのだ。大切な妻と子を一夜にして失った、その時の悲しみに比べれば、このくらいのことはなんでもないのかもしれない。

御殿山《ごてんやま》までゆっくりと道を上って行くと、あの颶風の翌朝、坂道の途中から見た光景が思い出されて泣きそうになった。

それは信じ難い光景だった。馴染《なじ》んだ品川の町が水に沈み、見たこともない奇妙な姿に変わってしまっていた。

あの朝水の下だった道は、まだひどくぬかるんではいるものの、人が歩ける道に戻っている。埋め尽くしていた瓦礫も泥も、人々の懸命な働きで少しずつ少しずつ姿を消した。

紅屋の他にも、炊き出しをしているところがあるらしく、道端に座り込んで握り飯を夢中で食べる子供がいたり、壊れた家の前にむしろを敷いて、そこで寝ているのかかいまきにくるまっている人もいる。そのかいまきも泥水に浸かっていたのか、真っ黒に汚れていた。

それでも、人々は驚くほど静かだ、とやすは思った。皆、天のすることに怒っても仕方ないと思っているのか。それとも、度重なる天災に心が麻痺《まひ》しかけているのか。どこからともなく、ひどく嫌な臭《にお》いが漂って来る。魚が焦げる匂《にお》いに似ているが、説明のできない、むせるような悪臭だ。やすは、つとめて気にしないようにした。その臭いの元が何なのかは知っている。昨年の地震の後もさんざ嗅《か》いだ臭いだ。棺桶《かんおけ》もお坊さんも足りず、墓地に空きもなく、葬儀に払う銭も賄えず、あるいは弔ってくれる身内すらみな死んでしまった、悲しい遺体を焼いている臭い。野ざらしはお上に叱《しか》られるが、遺体を埋めるには場所も人も必要。長月《ながつき》になったとはいえ昼間はまだ時折汗ばむくらいなので、放《ほう》っておけば遺体はすぐに腐ってしまう。蠅《はえ》もたかる。そうなれば、焼くしかないのだ。

考えると涙が止まらなくなるので、やすは無理にでも考えまいとしていた。本当は立ち止まって手を合わせるべきなのに。自分の臆病《おくびょう》さが嫌になる。

御殿山も様変わりしていた。高潮で住むところを失った人々が、水に浸かっていない場所を求めて集まっている。東海寺《とうかいじ》の境内《けいだい》にも、むしろを立ててその下に丸くからだを縮めている人々がいた。紅屋が借りている蔵の前には、男衆が一人、木刀を手に仁王立ちしていた。

「見張りかい。ご苦労さん」

「へえ。見張ってねえと蔵の中のもんを盗まれちまいますからね。あちこちで蔵が破られて、米だのなんだの盗まれてるって話なんで」

「困ってる人がいたら分けてやりてえくらいだが、それをやっちまったらあっという間にすっからかんだろうしなあ」

政さんは、苦虫でも噛《か》んだような顔で言った。

「せめて炊き出しは惜しまずに、できるだけたくさんの人に食べてもらおう」

米はかなりの量があって、やすはほっとした。これならしばらくは、少なくともご飯は炊ける。

「おかずの足しになりそうな物はあまりないですね」

やすはそれでも、豆の袋を見つけた。颶風が来る前日に、台所にあった豆を残らず袋に入れたものだった。

「大豆《だいず》と小豆《あずき》があります。確か昆布《こんぶ》もあったはずなんで、昆布と大豆で煮豆にしましょう。醤油もあるし。小豆は甘く炊きましょうか」

「いや、米と混ぜて粥《かゆ》にしよう。去年の地震の時も、雑穀を混ぜてかさ増ししたろう。今度もしばらくは食べるもんがなくて飢える人が絶えないだろうから、炊き出しだなんだと米はいくらあっても足りねえ。だから、小豆は粥にして米を節約するんだ。夕餉のあとは粥でいいだろう」

「他に何かないかしら」

「昨日あたりから高潮にやられなかった村から卵を売りに来てたな。こんな時だからふっかけられるだろうが、なんとか値切って卵を手に入れよう。帰りしなに農家を何軒か回ってみよう。野菜もいくらか手に入れられるだろ。ほうら、いいもんがあった」

政さんは、台所の物を雑多に詰め込んだ木箱の中から、布の袋を取り出した。中に手を入れ、大きくて茶色いものを取り出す。魚の切り身のようだったが、かちんこちんに乾いている。

「それは……」

「うちでは客に出したことがねえが、実は大旦那の好物なんで買っておいたんだ。棒《ぼう》鱈《だら》だよ」

「ぼうだら」

「鱈の身を干したもんだ。上方ではよく食べてるもんなんだが、お江戸ではあまり食べねえな。というか、こいつの名前がなぁ」

政さんは笑った。

「ぼうだら、ってのは、響きがあれだろ。ぼうだら、ほうだら、阿呆《あほん》だら。粋《いき》じゃねえ野郎、馬鹿なやつ、のことを、ぼうだら、って言うんだよ。それでうちでは客に出さねえんだ。だけどこれは、ちゃんと料理してやればなかなか美味《うま》い」

「堅そうですね」

「このまま齧《かじ》ったら歯が折れる」

政さんはまた笑った。

「水でふやかしてから、下茹《したゆ》でして、味をつけて煮て、と手間がかかる。そうだな、三日はかけないと美味いもんにはならねえな。まあでも、これは使える。明日の夕餉には間に合わねえが」

「でもお客さまにお出しすると失礼になるものなんでは」

「棒鱈、って言わなけりゃいい。干魚でございます、と言っときゃいいのさ。よしよし、こんなもんもあった」

それは高野豆腐だった。やすは思わずにっこりした。これなら水で戻して煮含めて、明日の夕餉に出せる。

「干しておくって大事ですね。かちんこちんになるまで干せば、なんでも日持ちします」

「先人の知恵、ってやつだな。昆布だって干すことを思いついた奴《やつ》は偉い。干したら日持ちするだけでなく、旨味《うまみ》まで増す。おやす、こいつはおまえが作ったもんじゃねえか？」

それは切り干し大根だった。

「へえ、作っている時はなんて手間のかかるものと思ってましたが、今となると本当にありがたいですね。でも油揚げがない。大根だけではこくが出ません」

「こんな時だ、何もかもいつもの通りってわけにはいかねえよ。幸い、味醂《みりん》は樽《たる》で残ってるから、ちょいと味醂を多めに炊いてみよう。油揚げのこくには足りねえだろうが、甘みがほんの少し強いだけでも旨味に感じる」

「夕餉の主役になるものがありませんね」

「高野豆腐でいいさ」

「高野豆腐は煮含めると美味しいです。でも紅屋の夕餉の主役には少し寂しい気がします」

「うん。まあ俺に考えがある。確か干し椎茸《しいたけ》も少しあったよな」

「へえ」

椎茸はとても高価だが、政さんには特別な仕入先があるらしく、紅屋では干し椎茸を欠かしたことがない。木箱を探すと、ちゃんと壊れないように小さな箱に入った干し椎茸が出て来た。肉厚の立派な冬子《どんこ》だ。正月膳《ぜん》や何かの祝い膳に出すような上物だった。

「こんな立派なのが」

「出し惜しみしてたってしょうがねえしな、こういう時だからなおさら、奢《おご》れるところは奢っちまおう。今夜はその冬子と高野豆腐を、いつもよりちょいと濃いめの出汁《だし》で炊いて煮含めてくれ」

「へえ」

「早めに煮含めて、冷ましておくんだ」

「冷たいのを出すんですか」

「ま、そこは楽しみにしてな。どんと膳の真ん中に置いて見劣りのしないもんを作るさ」

政さんは楽しそうに蔵を探し回り、なんだかんだとけっこうな量の食材を見つけ出した。それらを二つの背負子《しょいこ》にぎっしり詰め込み、よっこらせ、と担ぐ。力仕事には慣れているやすだったが、それでも歩き始めてすぐはふらふらとしてしまった。

「重てえかい。ちょっとこっちに移すか」

「大丈夫です」

重たいなんて、泣き言は言っていられない。自分が背中にしょっているのは食べ物なのだ。そして今、食べ物がなくてひもじい思いをしている人たちがたくさんいる。一歩ずつ品川の町へと戻りながら、やすの気持ちは乱れていた。

明日から旅籠を開ける。それは嬉しいことだ。紅屋は旅籠なのだから、お客を泊めなければそこにある意味がない。

が、背中の食べ物を宿賃の払える人だけに供する、というのは正しいことなのだろうか。握り飯の炊き出しにつけて、高野豆腐の煮物ひとかけでも人々に配ってあげる方が、仏様の教えに沿っているのではないだろうか。

だが、政さんがそうしたことをまったく考えない、ということはないはずだ。政さんは人一倍、そうしたことには敏感な人だった。きっと政さんも考えて、考えて、その上で、泊まってくださるお客に精一杯の夕餉を出そう、と決めたのだ。

紅屋に戻ると、平蔵《へいぞう》さんが来ていた。平蔵さんは住んでいた長屋が壊れてしまい、おかみさんと共に知り合いの長屋で寝泊まりしている。高潮の被害がなかった神奈川《かながわ》宿のすずめ屋《や》さんからは、落ち着くまですずめ屋に戻って働いてもらってもいい、住み込む部屋もある、と、お見舞いの品を届けに来た小僧さんが言付かっていた。番頭さんも政さんもそうするようにと勧めている。

「どのみちまだ、畳が入ったのは三部屋だけ、三組の食事なら俺とおやすだけでなんとでもなる。平さんは気兼ねなく、すずめ屋に戻ってくれていいんだぜ。もちろん、建物の修理が済んで畳も全部揃《そろ》ったら、嫌だって言ってもこっちに戻ってもらうけどな」

「へえ……ありがたいです。女房のやつ、品川のあまりの様子にすっかり気落ちしちまってて」

「それならなおさら、しばらく品川を離れた方がいいだろうよ」

「けどこんな時に役に立てないなら、せっかく紅屋で働かせてもらっている意味がねえです」

「そういう気負いは無用にしよう」

政さんは、平蔵さんの肩をぽんと叩《たた》いた。

「天の災いは心を砕く。今は何よりも、あんたの女房の心を大事にしてやんな。人ってのはそんなに強いもんじゃねえ。ひとまず安心できるところに逃げて、しばらく時を待つのも賢いやり方だと俺は思う。なぁに、命があっただけでも俺たちは運が良かったんだ。ちょっと時を待てばまた、いい風も吹いて来るさ」

平蔵さんはそれでも、何か手伝うことはありませんか、と台所でうろうろしていたが、政さんがその背中を押し出して帰らせてしまった。

「心が砕けた時ってのは、誰《だれ》でもいいからそばにいてやることが大事なんだ」

政さんは、独り言のように言った。

「平さんのかみさんは、生来気のしっかりした元気な女だ。それが気落ちしてるってんだから、平さんはよほど気をつけてやらねえといけねえよ」

「昨年は地震、一年も経《た》たないで今度は高潮。毎年こんなことが続いていたら、誰だって気落ちしてしまいますよね」

「そうだな、それが当たり前だ。けどうも、品川の連中ってのは江戸の連中に輪をかけて見栄《みえ》っ張りなとこがある。天下のお江戸の隣にあって、吉原《よしわら》の向こうを張った遊郭やら、よりどりみどりの旅籠やらと、東海道一の宿場でございって日頃《ひごろ》から胸張ってるだけに、高潮で町が流されたって周辺から不憫《ふびん》がられるのが我慢できねえ。そんなに無理しなくても良さそうなもんなのに、なんとかして一刻も早く元どおりになろうとしてる。そりゃ働ける者はいいさ。働くってのはいちばん気が紛れるからな。けど働きたくても店も何もかも消えちまった、長屋もなくなって住むとこもねえ、そんな者もたくさんいる。何かしたくても何もできねえ辛《つら》さってのも、ちょっとは考えてやらねえとな」

「でも、紅屋はたった三部屋で旅籠を始めるのでしょう」

政さんは、ニヤッと笑った。

「ああ、大旦那が始めなさいとおっしゃった。番頭さんも、ならやりましょうと請け合った。けどな、おやす、そこは紅屋の大旦那だ、銭を稼ぎたいから旅籠を始めるんじゃねえんだよ」

「……お客さんから、旅籠代をいただかないと?」

「いやいや、旅籠代はちゃんといただく。まあ、明日を楽しみに、おまえさんは自分の仕事をしておくれ。大豆を戻して煮豆を作るのだって、竈が一つしか使えねえんだからけっこう難儀だぞ」

いったい大旦那さまは、何を企《たくら》んでおられるのだろう。

やすは、隠居してもなお、瞳《ひとみ》をきらきらさせて話す大旦那さまの若々しいお顔を思い出していた。今は避難されているが、避難先でご不自由をなさっておられないだろうか。お優しい大女将《おおおかみ》もご機嫌よろしくされているだろうか。

❖

翌朝は早く目が覚めた。

紅屋の二階は壊れたままなので、やすはおまきさんと一緒に、おしげさんの長屋で寝泊まりしている。おしげさんの部屋は三人が暮らすには手狭だったが、やすは、おまきさんとおしげさんに挟まれて寝ることがなんだか嬉しかった。

「番頭さんと来たら、あたしにも本当のことを言ってくれないんだよ」

おしげさんは、ぷりぷりしながら身支度をしている。

「とにかく今日から旅籠をやるから、おまえたちはいつもの通りに笑顔で働いておくれ、だってさ」

「部屋付き女中の数は足りてるの？」

住み込みで働いていた奉公人のほとんどは、しばらくの間、里に帰っている。長屋組も住まいが無事だった奉公人は働きに来ているが、仮の住まいが遠方の者はまだ通って来られずにいた。

「まあなんとかね。あたしとおはなとで、掃除はできるからね」

「手が空いたら手伝うから、そう言って」

「たった三部屋だもの、手伝ってもらうような仕事はないわ。それよりあんたたち、お客に出せるような夕餉の支度ができるのかい？」

おしげさんがやすを見て言ったので、やすはうなずいた。

「政さんと五日分の献立は作りました。その間にまた農家をまわって、卵と野菜を分けてもらいます」

「野菜も卵も取り合いだって聞いたよ。品川周辺はどこの農家も、もう売るもんがないってさ。それにお上が、勝手に野菜を売り買いすると罰するんだとか。売るものがあるならお上によこせ、って、どうせ横取りしちまう腹だろうけどね」

「お江戸も大火事が出て大変だったとか。公方《くぼう》様も食べる物に困ってらっしゃるのかね」

あはは、とおしげさんが笑った。

「そんなことあるわけないだろ。千代田《ちよだ》のお城には、いつだって食べる物がいっぱい蓄えてあるに決まってるじゃないか。他のもんが飢えてたって、公方様はお腹《なか》いっぱい召し上がってるよ」

「噂《うわさ》では、公方様がもうじき御台《みだい》様を娶《めと》られるとか言ってるけど」

「なんだろうねえ、もう三度目なんだから、こんな時に御台様をお迎えにならなくたって、落ち着いてからやったらいいのにね」

おしげさんは時々、お上や公方様に対して厳しいことを口にする。

「そうは言っても、お相手は薩摩《さつま》の姫様だっていうじゃないか。品川やお江戸が高潮にやられたからって、姫様をいつまでもお待たせするわけにはいかないんだろう。それにしても、公方様もお気の毒だねえ。これまで二度も、御台様がご病気で亡くなられて」

「薩摩の女子《おなご》というのはとても丈夫だと聞いたことがあるよ。きっと今度の御台様は長生きされるよ。それよりも、公方様ご自身がご病気がちだって噂があるじゃないか」

「ちょっとおしげさん、そういうことは口にしたらいけないよ」

「ここはあたしの部屋だよ、何を口にしようとあたしの勝手さ」

「壁に耳あり障子《しょうじ》に目あり。どこで誰が聞いてないとも限らない」

おまきさんは布団を手早く片付けた。

「あたしらは、ややこしいことは考えず、余計なことは口に出さないでいるのが得さ。それはそうと、あの話、聞いた？」

「あの話って？」

「柳の下から掘り出された亡骸のことさ」

「なんだい、それ」

「亡骸を埋めた男が捕まったんだって。高潮で波が目黒川《めぐろがわ》を逆流して、柳の根元をごっそり削っちまったんだよ。そしたら亡骸が埋まっていたあたりから手ぬぐいが出て来たんだって。瓦礫を片付けていた人がそれを拾ったんだけど、洗ってみたら泥じゃなくって、なんだか染みが付いてて、どうも血の汚れじゃないかって、気味が悪いと番屋に届けた。その手ぬぐいに染め抜かれていた紋が潮屋《しおや》の紋だった」

潮屋は本通りに面して建っていた、豪勢な旅籠だ。今度の高潮で跡形もなく壊れてしまった。

「そこからお調べがついて、手ぬぐいが潮屋の奉公人の物だとわかったとか。殺されたのは賭場《とば》から借金の取り立てを請け負ってたなんとかいう男で、その奉公人が作った賭場の借金を厳しく取り立ててたんだね、払えなくて切羽詰まった奉公人がその男を殺しちまったとか」

「あんた、そんな話誰に聞いたの。ずいぶん詳しいね」

　おまきさんは、曖昧《あいまい》に笑った。

「まあちょっと、知り合いにね、詳しい人がいるのさ」

「そう。だけどそんな物騒な噂話は、あんまりしない方がいいよ。やけに詳しいと、何か関係があるんじゃないかってあらぬ疑いをかけられるよ」

「おしげさんたら、そんなこと言って。公方様の悪口を言う方がずっと物騒だと思うけど」

「悪口なんか言ってませんよ。どうせ雲の上のお人なんだから」

　二人はいつもこんな風に軽口を叩き合っている。以前はお勝手女中と部屋付き女中が親しく口をきくことはあまりなかったけれど、おしげさんは以前と比べてずいぶん打ち解けてくれたとやすも感じている。おしげさんのことを怖いと言っていたおまきさんも、今ではまるで姉と妹のように気安く言葉を交わしていた。

　それにしても。高潮が来る少し前に、十手持ちがやって来て政さんに、柳の下の亡ずなのだが。

骸がおちよちゃんの恋の相手だったのでは、と言っていたが、あのことはどうなったのだろう。おちよちゃんのお腹の子の父親は、賭場に出入りしていた流れ者だったは

「人の運なんてもんは、ほんとにわからないもんだね」

紅屋に向かう道すがら、おしげさんが言った。

「潮屋の奉公人のことさ。あんなひどい高潮が来るってわかってたら、何もわざわざ人殺しなんかしなかっただろうに」

「どうしてですか」

「だって、自分が手をくださなくたって殺したい相手が高潮で死んでくれたかもしれないじゃないか。そうなるかもしれないとわかっていたら、人殺しなんかしやしないよ。捕まったら鈴《すず》ヶ森《もり》で晒《さら》し首だよ、人殺しなんて割に合わない。よっぽど切羽詰まってないとできやしない。高潮が来るって知ってたら、とにかく高潮にさらわれて死んじまってくれるのを祈って待ってたさ。死なずに生き残ったら、それから殺せばいいんだから」

なんだかおしげさんの言い方があまりにさばさばとしていて、不謹慎だと思いつつ

も笑いが出た。おまきさんも笑っている。

「先のことがみんなわかってたら、世の中の苦労もたいがいしなくて済むよねえ」

おまきさんは、笑い終えるとしみじみと言った。

「今度だって、辰三さんが大嵐《おおあらし》になると予見してくれて、それを信じて準備はしてたんだよ。それなのにまさか、あんな高潮が来るなんて、二階まで水に浸かるなんてことまでは思ってもみなかった。あたしなんか、大嵐ったって雨戸が吹っ飛ぶ程度のことだろうと思ってたもの。梅干しの壺《つぼ》を背負って御殿山まで歩きながら、ちょっと大げさなんじゃないの、って半分馬鹿にしてた。あんな高潮が来ると知ってたら、畳も布団もみんな御殿山に運んでたよね」

「それだって、辰三さんの言葉を信じてなかったら、値の張るお軸やら貴重な伊万里《いまり》焼《やき》やら、今頃は波にさらわれて泥の中だからね。辰三さんは大嵐になるって、大通りの主だった旅籠や遊女屋には知らせて回ってくれたらしいけど、まともに取り合って少しでも備えた店は何軒もなかったらしいよ。人ってのは自分に恐ろしいことが起こるかも、って話になると、そんなことあるわけない、自分だけは大丈夫だって変に頑固になるものさ。紅屋はみんな頭が柔らかくて助かったんだよ」

その朝は、奉公人たち皆、少し浮かれているようだった。高潮からわずか十日と一日、とにかく旅籠が再開できる、それは紅屋で働く者たちにとって何よりの喜びだった。たった三部屋、それでも紅屋は今日からまた、旅籠に戻る。

「皆さん、こんな時なのに働いてくれて本当にありがとう」

いつもの朝の挨拶《あいさつ》で、若旦那さまが深々と頭《こうべ》を垂れた。

「なんとか早く二階を直して、里帰りしてる人たちにも戻って来てもらいたいと思ってるんだが、何しろ大工も材木も手に入りません。それでも八方手は尽くしているんで、ひと月ばかりは出て来られる人だけで踏ん張らないといけません。どうかよろしくお願いします。で、今日からしばらくは一日に三組しかお客様にお泊まりいただけないので、外で呼び込みをするのではなく、大旦那の紹介でお客様が来られます」

そういうことか。つまり大旦那さまの知り合いが、お見舞いがてらに泊まってくださるということ。

やすは、なんとなくすっきりしなかった。それはどんな方でもお泊まりいただけるのはありがたいけれど、どなたかのお情けでお客をまわしていただいて、それで宿賃をいただくというのは紅屋らしくない気がする。

「お子さんをお連れのお客様もいらっしゃいますから、どうか皆さん、お客様には丁寧に、心を込めて接してください」

そんなこと、わざわざ言わなくても、紅屋はいつだって誠心誠意、丁寧にお客に接している。だが若旦那さまの口ぶりには、どことなく楽しんでいるような感じがあった。政さんも昨日、明日を楽しみに、と言っていた。いったい、何が始まるのだろう?

「では皆さん、よろしくお願いしますよ」

番頭さんが言って、皆仕事に散って行った。まずは賄い。今日は出立のお客がいないので、朝餉は各自手が空いた時に食べに来てもらうことにして、握り飯と味噌汁《みそしる》を用意した。豆腐がないので、汁の実にはお麩《ふ》を入れた。昼餉の代わりに八《や》つ時にお腹にたまるものを食べるのが紅屋の奉公人の習わしなので、もち米をふかしてすりこぎで粗く潰《つぶ》しておはぎにし、きな粉に砂糖を混ぜてすってまぶした。その傍ら、昨日水に浸けておいた大豆と昆布を醬油で炊く。切り干し大根は、政さんに言われた通り、少し甘めに味付けた。醬油、味醂、酒、塩、砂糖。みな、蔵に運んで難を逃れた。

棒鱈は何度か水を替えながら戻しているが、今日は食べられそうにない。これから醬油と水飴《みずあめ》でじっくりと煮含める。棒鱈を料理するのは初めてだったが、かちんこちんに干された魚が、だんだんと魚らしい色に戻っていくのを眺めるのはなかなか面白い。上方では好まれる食べ物だと言っていた。どうも食べ物に対しては、上方の人たちの方が心が大きいようで、江戸では棒鱈の他にも、粋じゃないとか縁起が悪いなどと言って食べないものがいくつもある。中でも戻り鰹《がつお》は、政さんがいつも「うまいになあ」とこぼしている。江戸っ子は鰹と聞けばとにかく初鰹。この頃ではようやく、戻り鰹の味の良さが知られて料理屋で出すところもあるらしいが、紅屋ではまだ鰹を出す時期は限られている。

だがもしかすると、この高潮で食べるものがなくなり、船が流されて漁もままならないとなると、江戸や品川の人たちも、粋とかなんとかにこだわっていることはできなくなり、戻り鰹を食べるようになるかもしれない。昨年の地震のあと、まぐろのとろを食べることが流行《はや》っていた。ねぎま鍋は、とろや中落ちなど捨てるところをネギと鍋に煮る料理だが、災害や大火事の後で食べ物が不足してできた料理だそうだ。とろは脂が多過ぎてお腹を壊してしまう人もいるが、この頃では生で醤油とわさびで食べる人も多い。

お八つも終わり、いよいよ、お客が来る頃になった。やすもおまきさんも落ち着かない。大旦那さまの紹介となると、お江戸のお金持ちや大店《おおだな》のご家族、あるいはお武家さまかもしれない。そんな人たちを、畳こそ新しくしたとは言え、まだ建物のあちらこちらが壊れたままの紅屋にお泊めして大丈夫なのだろうか。内湯も桶《おけ》が割れてすっかり泥に埋もれ、とても使える状態ではないようで、なんとお湯場にたらいを用意して、男衆がお背中をお流しするという。

お客さまのおつきでございまぁす、と、番頭さんの声が小さく聞こえて来た。やすはお茶受けに、お八つに出したきな粉のおはぎを小さく作って用意した。

やがて、通い女中のおはなさんが小走りにお勝手に現れた。

「お茶の支度、できてます」

「ああ、お茶！　お茶出さないとね。ああ、びっくりした！」

おはなさんは、もともと丸い目をさらに丸くしていた。

「どうしたの？」

おまきさんが訊く。

「どうしたもこうしたも。大旦那さまのご紹介だっていうから、いったいどんなかたがみえるのかと思ったら、子連れのおかみさんなのよ！」

「おかみさん？」

「そうよ、この品川の！　あの大嵐でご亭主と生き別れちまって、いまだにどこにいるのかわからないとか。それで長屋も壊れて行くとこがなくて、お救い小屋でむしろに寝てるんだって！　他のお客さんもそんな人たちなの。なんでもね、一晩だけでも畳と布団でゆっくり体を休めて、美味しいものを食べてもらおうって、これから毎日、お救い小屋にいる人たちを招待するんだって！」

やすは呆気《あっけ》にとられたが、政さんが笑いを堪《こら》えるような妙な顔で背中を向けたのに気づいて合点が行った。政さんは知っていたのだ。

「でもそんな人たちからじゃ、宿代はもらえないでしょう」

おまきさんが言うと、おはなさんはうなずいた。

「だから招待なのよ。宿代は、品川の旦那衆が払ってくださるんだって。だからどんな人が来ても、目一杯おもてなししなさい、って番頭さんに言われたの」

堪えきれなくなったのか、政さんが笑顔で振り返った。

「もちろん精一杯もてなさせてもらいます。どんななりをしてたって、お客はお客。高潮で何もかも失って心が壊れそうになってる人たちに、たった一晩でも新しい畳と布団に手足を伸ばして寝てもらおう、ってえ品川の心意気だ。ここで精一杯のことができないようじゃ情けねえ。おしげさんに伝えておくれ、紅屋のお勝手は、いつだって精一杯目一杯、これっぽっちも手抜きなんかしやしません、ってな」

おまきさんも笑顔になった。

「そりゃそうだ。お客のなりで手を抜くなんて思われたら紅屋の名折れ。全部波に持って行かれちまって野菜くず一つありゃしないけど、それでもちゃんと、ご馳走《ちそう》を作らせてもらいます。ね、政さん！」

政さんは、おうよ、と威勢良く返事した。

「おやす、高野豆腐と椎茸、味をしっかり含ませたかい」

「へえ」

やすは別々に煮た高野豆腐と冬子椎茸を小皿にとった。政さんが味見をする。

「よし、これでいい。それじゃ、どっちもごく軽く汁を絞って、天ぷらにする」

「天ぷらですか！」

「天ぷらにすれば見た目も豪華だし、熱々で旨味も増す。それに食べ応《ごた》えもあって、夕餉の真ん中に置いても充分ご馳走に見えるだろ。それに今夜はお客に子供もいる。子供には煮物より天ぷらのほうが、うまいもんを食った、って頭に残る。屋台の買い食いが気軽にできる大人には天ぷらは珍しいもんじゃねえが、子供は滅多に食えないからな。ついでに、あの、おまきの梅干しも揚げて出そう。あれは甘いから、子供には大受け間違いなしだ」

「そろそろご飯も炊けるよ」

おまきさんが言った。

「紅屋名物の、夕餉に熱々のご飯だよ。夕餉に飯を炊くなんて、家じゃやらないからね、これこそ紅屋に泊まらないと味わえないご馳走さ」

おまきさんが飯茶碗に盛り付けたご飯には、黒っぽい丸いものが混ざっていた。黒豆？　いや、これは……

「むかごさ」

おまきさんが得意そうに言った。

「前にも言っただろ、野菜のことだったらあたしは政さんにだって負けやしないんだ。あたしにだって、むかごが採れる秘密の場所くらいあるんだよ。しかもそこのむかごは毎年、他のとこより早く熟すんだ。この時期にほっくりしたむかごが採れるとこなんざ、他にはないんだからね、どうだい！」

「これは負けた」

政さんも嬉しそうだ。

「おまきの勝ちだ。俺はこの品川あたりでこんなに早く食べ頃のむかごがつく山の芋なんざ見たことがねえ。こいつはお手柄だ」

やすは嬉しかった。本当に、紅屋で働いていることが幸せだと思った。背負子に一杯の食べ物を背負っていながら、困っている人たちにそれをわけてあげずに商売に使う。紅屋は旅籠なのだからそれが当たり前だとわかってはいても、どこか気持ちが落ち着かず苦しかった。けれど大旦那さまは、自分などよりずっとずっと、もののわかったお方だった。かわいそうだから、なんとかしてやりたいからと、後先も考えずに食べ物を配っていたのでは、背負子一杯の食べ物でもすぐになくなってしまう。しかも蔵から出して来たのは、どれもみな、かちんこちんの物ばかりだ。寝るところすらなくなってしまった人たちに、固く乾いた食べ物を渡しても、それを料理する鍋も竈も、味をつける醬油もない。誰かを助けたいと思うなら、本当にその人の助けとなるようにしないと意味がない。かちんこちんの鱈も椎茸も高野豆腐も、紅屋の台所でならばちゃんと美味しい料理にできる。

だがそれだって限りはある。お救い小屋に、せいぜい十人分ほどしかない煮物を持って行っても争いの種になるだけだ。だから炊き出しは握り飯にして、より多くの人が食べられるようにしないといけない。それでも、せっかく料理したものを困っている人たちに食べさせてあげたい。ならばどうしたらいいのか。

大旦那さまは、旅籠は旅籠らしく、とお考えになったのだ。旅籠は料理を出すだけでなく、畳があって布団があって、気持ちよく眠れる場所。ならば、その気持ち良さもわけてさしあげる。一日に三組しか呼べないけれど、たった一晩でも小屋のむしろの上ではなく、横になって手足が伸ばせる布団に寝て、こんな時なのにご馳走を食べることができたら、きっと、壊れかけていた心を少しは癒《いや》してさしあげられるだろう。そうお考えになった。しかも施しとしてではなく、ちゃんとお代をいただいて商売にする。それでこそ、品川の旅籠、紅屋なのだ。

大旦那さまのお考えが正しいのかどうか、それはやすにもわからない。こんな時に商売のことなど考えず、貯《たくわ》えも何もかも吐き出して人助けだけするという人もいるだろう。けれど、やすは大旦那さまのお考えが好きだ、と思った。商いは、商い。品川が地震や高潮に痛めつけられても元の品川に戻るには、何よりも商いが大事。宿場町品川に、旅籠がなければ始まらない。

「御膳の用意ができましたー」

やすは、箱膳に料理を並べ終えると中に声をかけた。

「へーい。ただいま」

元気のいい声と共に、おしげさんとおはなさんがやって来る。やすもおまきさんも、箱膳を抱えて部屋に運ぶのを手伝った。

やすが割り当てられた部屋には、三人の子供とその母親が座っていた。たらいで湯《ゆ》浴《あ》みを済ませ、恐らくは大旦那さまがご用意なすったこざっぱりとした着物に着替えた、年若い、美しい人だった。子供は二人の女の子と男の子が一人。上の女の子は十くらいだろうか。一番下の男の子は、まだやっとお座りができるようになったというところ。子供たちも糊《のり》のきいた絣《かすり》の着物に着替えている。

「お待たせいたしました」

おまきさんと二人で、運んで来た箱膳を並べた。子供用にもちゃんと三膳用意してあった。幼い子用には、おすましとお粥。二人の女の子用の膳には大人と同じものを並べてある。そうした手配はすべておしげさんがしてくれた。

「あ、あいすみません。子供らは私のを分けますから、そんな、箱膳などもったいない」

「せっかくですからお子さんにも食べさせてあげてくださいな」

おまきさんが笑顔で言った。

「紅屋は料理自慢の宿でございます。こんな時ですから海のものも畑のものもろくに手に入りませんが、それでも工夫をこらして心をこめてご用意させていただきました。

うちの料理人頭が、子供さんにも美味しく食べてもらえるようにと考えたんです。ぜひ皆さんで召し上がってください」

おひつからむかご飯を器によそって膳の上にのせると、子供たちの目が輝いた。むかごを集めるのはどの家でも子供の仕事なのだ。

お茶のしたくもした上で、やすはおまきさんと部屋を出た。

「どうぞごゆっくり。後ほど下げに参ります」

食べている間他人に見られていては、子供の行儀が気になって母親はゆっくり食べられないから、と、おしげさんに言われていた。

廊下を歩いていると、背後から襖越《ふすまご》しに子供の歓声が聞こえた。おまきさんは、嬉しそうにクスッと笑った。

翌朝はおしげさんの長屋をひと足早く出た。朝餉には小豆の粥を炊く。握り飯も作ってもたせてあげなさいとおしげさんに言われていた。水を汲《く》んで戻ると、勝手口の前に昨夜の若い母親が立っていた。

「あ、あの」

「へえ、何か入り用なものがございますか？　お茶でしたらすぐにお持ちいたします」

「あ、いいえそうではなくて、その……何かお手伝いさせていただけないでしょうか」

やすは一瞬、きょとん、としたが、意味がわかって思わず笑ってしまった。

「そんなとんでもない。お客さまにお勝手のお手伝いをさせる宿などございませんよ。どうかお気をつかわずに、まだ早うございますから、どうぞゆっくり朝寝でもなすってくださいませ」

「で、でもそれではあんまり」

「お宿代はちゃんと、いただいております。お客さまは何もご心配に及びません」

「こんなによくしていただいたのでは……夕餉があまりにも美味しくて、涙が零《こぼ》れるほどでした。あんなに美味しいものを食べたのは初めてでした。このお宿もまだお二階があんな様で、さぞかし難儀しておられるはずなのに、あんなに美味しいものを出していただけるなんて。それにあの大嵐の夜以来、畳で横になって眠ったのは昨夜が初めてです。お救い小屋は狭いので、土の上にむしろをしいて、子供たちと背中を丸めて小さくなって眠るしかありませんでした。着のみ着のまま、泥で汚れて垢《あか》だらけで、私も子供もまるでどぶ鼠《ねずみ》のようでした。それが湯浴みもさせていただけて、着物まで。もう、まるで夢でも見ているようで……このままではあまりに申し訳がありません。せめて何かお手伝いでも……」

「それでしたらわたしが朝餉の仕度をすすめる間、そこに座ってお話をしてくださいませんか」

「話、ですか？」

「ええ、よろしければ。お子さんたちのことを話していただけると嬉しいんです。わたし、子供が好きで」

「そ、そうですか。私どもの子供のことなどでよろしいのですか」

「へえ、とても可愛《かわい》いお子さんたちなので、仲良くなりたいなと思っておりました」

やすは若い母親に気をつかわせないように、ゆっくりと朝餉の仕度を続けた。

「いちばん上の子は、おつねと申します。今度の正月で十一になります。あの子はよく気のつく子で、何かと私の助けになってくれるのですが、少し体が弱く、たまに熱を出すのが心配なのです。年が明けたら、福屋《ふくや》さんにお世話になることになっておりました」

福屋は品川一の小間物屋で、芸者衆のかんざしやら袋物やら、華やかなものをたくさん売っていた。その福屋も、今度の高潮ですっかり壊れてしまった。

「福屋さんもそのうちにはまたお店を開かれるでしょうが、おつねの奉公のお話は、ひとまずなかったことになりました。仕方のないことです。今は子供の見習いなど足手まといでしょう。けれど私は少しほっとしております。おつねのように体の弱い子に、十一で奉公は辛いと思います。私自身も十二の時にこの品川に奉公で参りました。おつねがよく熱を出すのは私に似たのだと思います。私も奉公に出てからよく熱を出してお店に迷惑をかけておりました。けれどそんな体も、年頃になるまでにはすっかり丈夫になっておりましたから、おつねも娘らしくなる頃には丈夫になっていてくれると思っています」

「きっとなりますよ。おつねちゃん、もう少し大きくなってから良い奉公先が見つかるといいですね。その頃には品川も元のように賑《にぎ》やかになっているでしょうから、旅籠でも小間物屋でも、人手は欲しいと思いますし」

「へえ……その頃にまた、品川に戻って来られたらいいんですが」

若い母親は、寂しそうに微笑《ほほえ》んだ。

「……こんな有様ではもうどうにもならないので、子供たちを連れて、ひとまず里に帰ることにしたんです。……亭主の行方もこの十日、なんら手がかりがありません……大嵐なのに、お店の様子が心配だからと出かけて行って、高潮に呑《の》まれてしまったようです……」

やすは黙って仕事を続けた。どうなぐさめていいのかわからなかった。ただ胸が詰まり、鼻が痛んだ。

「二番目の子は、おきぬと申します。正月で七つになります」

母親の声が少し明るくなった。子供たちのことを話していると、母親の声は弾む。

「おきぬはおつねと違い、あまり細かく気のつく子ではございませんが、その代わりに、小鳥のようによく喋《しゃべ》り、その話がなかなかに面白くて退屈いたしません。親の欲目なのですが、利発な子のように思います。女が利発でもあまり得なことはありませんが」

そう言いながらも母親は目を細めている。おきぬちゃんのことも可愛くて仕方がないのだろう。

「おきぬがいてくれるとそれだけで、心が軽くなるんです。今のところは他に取り柄もなさそうですが、どこに奉公に出してもきっと可愛がっていただけるように思います。ただおきぬ本人は、奉公には出たくないと。まだ幼いので、私と離れたくないのでしょう。そうは言われましても、この先私の稼ぎでは手元に子供を置ける余裕はありません。いずれ落ち着いたら、おきぬの奉公先も探さなくてはなりません。あの、女中さんはおいくつで奉公に出られたのですか」

「へえ、わたしは……」

父親に売られたのです、そしてここの大旦那さまに拾われたのです、と隠さずに答えても、自分の身の不幸だけで手一杯のこの人には、心の重荷になるだけだろう。

「……八つの時でした」

それだけ、やすは答えた。

「やっつ」

母親は繰り返した。おきぬちゃんは七つになる。あと一年しか一緒にいられないのか、と考えているのかもしれない。

「やはりお辛かったですか」

「……へえ、辛いと言えば、寒い朝の水汲みくらいでしょうか。ここの皆さんは本当に優しくて、わたしはあまり辛いと思ったことがありません。水汲みにしても、井戸はすぐそこ、慣れてしまえばたいした仕事ではありません。それよりも、お勝手の仕事は面白くて、わたしの性に合っているようで。毎日新しいことを覚えるのもとても楽しいです。奉公に出たらもちろん辛いこともあるでしょうけど、楽しいことだってきっとあります」

「そうですね……私も、楽しいことがひとつもなかったわけではありませんでした。奉公先は江戸屋《えどや》で、ご存知《ぞんじ》のように品川では評判の履物屋でございます」

「履物だけでなく、傘もたくさん置いていますね。あの傘がどれも見事で、通りかかるたびに足を止めて見とれておりました」

「へえ、江戸屋は仕入先にとてもいい職人をたくさん抱えているんです。何しろ品川はお江戸の手前、長旅で傷んだ草鞋《わらじ》を品川でぱりっとした草履に履き替えて、颯爽《さっそう》と江戸に向かう。その為《ため》の履物なのだからと。活気のあるお店でした。十八まで奉公し、江戸屋の番頭さんの紹介で、履物職人と夫婦になりました」

　母親が言葉を切ったのは、また悲しいことを思い出さずにいられなかったからだろう。子供のことでも話していれば気持ちが楽になるのでは、と水を向けたけれど、子供のことを話せば夫のことを思い出さないわけにはいかない。やすは、自分の浅はかさに恥ずかしい思いがした。

　だが母親は、話し続けた。

「……親方から独立して間もなかったけれど、江戸屋から信頼されている職人でした。すぐにややこができたので私は江戸屋をさがり、子育てに。真面目《まじめ》で静かで、いい人でした」

みでした、と、遠い昔のことでも話すように。そうすることで押し寄せて来る悲しみや不安を遠ざけているのかもしれない、とやすは思った。

「暮らしにそんなに余裕はないけれど、困ることもありませんでした。贅沢《ぜいたく》を欲しがらなければ日々は穏やかで。二人目の子が生まれて忙しくはなりましたが、時が経つのはあっという間。おつねが何かと手伝ってくれるようになって随分と楽になりましたよ。三人目にやっと男の子が授かって、夫はもう大喜び。夫の名が千太郎《せんたろう》なので、息子は万太郎《まんたろう》と名付けたんです。千より万の方が大きくていいだろうって。……高望みもせず、こつこつと真面目に生きて来たのに……まさか一夜にしてこんなことに……江戸屋が心配だから見て来る、何か手伝うことがあるかもしれない。そう言い残してひどい風の中を外に出て行ったんです。それが最後でした」

若い母親は、長い、長い溜息をついた。

「悪いことをしても富くじに当たる人はいるんでしょうね。そして、何も悪いことをせず、真面目に生きていても、高潮に呑み込まれて死ぬ人もいる。そういうものだとわかっていても、なんだかやりきれないんですよ。悔しくって。……でも、昨夜の夢のような夕餉と布団で、少し気持ちが晴れました。生きていればまた、いいこともありそうだ、と」

「お里はどちらですか」

「浦賀《うらが》です。子供たちを連れているので今日一日では行き着けないかもしれませんが、路銀は江戸屋の番頭さんが貸してくれました。江戸屋もあんなに壊れてしまっては、すぐに商売をするというわけにもいかないでしょうね。それでも福屋さんとは違って建物は残っているので、そのうちにはまた、店先に履物が並ぶんでしょう。……夫が作った履物は全部、潮に流されてしまいましたが」

「でも、買って履いている人はたくさんいるんじゃないでしょうか」

やすの言葉に、母親は微笑んだ。

「ええ、ええ。夫の仕事はとても丁寧で、夫の作った履物は長持ちするんですよ。きっとまだ、履いてくれている人はたくさんいると思います。女中さん、夕餉の天ぷらは本当に美味しかった。子供たちのあんなに嬉しそうな顔は久しぶりに見ました。魚も野菜もまだ手に入らないそうですね。なのに、私たちのような者のためにあんなに心のこもった料理を作ってくださって、本当に、本当にありがとうございました」

「紅屋は料理自慢の旅籠ですから。お泊まりのお客さまに、美味しかったと言っていただけるのが何よりの幸せです」

「奉公に来て以来、もう十五年になるでしょうか、この品川で暮らして来ました。その品川の最後の思い出が、水に浸かって泥だらけになった壊れた街並みでは、この十五年がとても悲しいものになってしまう。でもとても美味しいものをいただいて、布団に横になり、まるでお大尽《だいじん》か何かのように過ごさせていただいて、品川の最後の思い出が楽しいものになって良かった。またいつか品川に戻って来られるかどうかはわかりませんが、里に帰ってもめそめそせず、精一杯子供たちを育てて生きていこうと思います。それにまだ」

母親は、にっこりと笑った。

「私は諦《あきら》めていないんですよ。あの人はどこかで生きている、そう信じているんです。きっと怪我《けが》でもして身動きできずに、どこかの療養所にでも世話になっているんだと。愚かだと思われても、そう信じていたいんです。いつまで信じ続けることができるかはわかりません。早く忘れた方がいいのかもしれません。それでも今は、あの人が生きていると信じることでしか、私も生きられないんです。それを不幸なことだとは考えないようにしています。少なくとも私は、あの人に生きていて欲しいと思える。そういう男と夫婦になれて、子供も授かった。それは、幸せなことだと思うことにしたんです」

母親のまなざしは、やすが驚くほどに強かった。

子供たちの声が聞こえて来た。小さな弟を背負った姉と、その姉と手を繋《つな》いだ妹。笑いながら現れて、母親の姿を見つけてまた笑う。

この子たちの父親が、どうか生きていますように。

この子たちのこれからの毎日が、どうか、笑いの絶えないものでありますように、とやすは心の中で強く願った。

❖

「ほい、棒鱈がいい感じになって来た」

鍋の蓋《ふた》を取って政さんが言った。

「どうだい、あほんだら、もちゃんと料理してやればご馳走になるだろう」

「へえ、身が崩れるようでいて崩れないのが面白いですね」

「棒鱈は北前船《きたまえぶね》で上方に運ばれ、あっちでは正月の祝い膳にも出すほど好まれている。味のつけようで色々変えられるし、こんな美味いものを出さない手はねえよなあ。しかし江戸っ子にあほんだらを出したりしたら、怒り出す客もいるだろう。どうしたもんか」

「明日はこれが夕餉の主役ですか」

「いやいや、こいつはもう一日、じっくり煮た方がいい。明日は貝で色々作ってみようと思うんだ。これから貝踏みに行かねえか。もう水が冷たいだろうが」

「浜はまだ瓦礫とごみばかりだそうですよ」

「それでも貝は砂の中にいるから大丈夫だろうよ。浅蜊《あさり》が採れたらかき揚げにしよう。青い菜っ葉が何かあるといいんだが」

「青紫蘇《あおじそ》がまだ残っているかもしれません。潮を被《かぶ》っても紫蘇は強いですからすぐには枯れないかも」

やすは桶を抱えて政さんと浜に出た。

裏庭から見える風景が、高潮の前とはまったく変わってしまっている。優雅に枝を伸ばしていた松林は半分も残っていない。無残に折れた幹が悲しい。

その松林へと続いていた草原は、一面の泥原になっていた。流された船がまた打ち上げられて、泥の中に舳先《へさき》を突っ込んだままでいる。

その泥原の中に、男が一人立っていた。長い棒のようなもので泥をつついている。

「……家族の亡骸でも探してるんだろう」

政さんが静かに言った。

だがやすは、その男の人に見覚えがある気がして、目を凝らして見つめていた。

あの人、誰だったかしら。

確か……

二　浅蜊の恩

あれは……

やすは必死に名前を思い出そうとした。そしてやっと出て来た名前を思わず叫んでしまった。

「正吉《しょうきち》さん！」

政《まさ》さんは驚いた。

「おやす、あの男を知ってるのかい」

「あの人ですよ、ほら、浅蜊《あさり》の真珠を嚙《か》んじまった、宮大工さん！」

「えっ、あ、ああ、そうだ。あの時の宮大工だ」

浅瀬を棒でつついていた男は、やすの声に顔を上げた。

やすはバシャバシャと水に足を濡《ぬ》らしながら正吉さんに近づいた。

「正吉さんですよね、あの、宮大工の！」

正吉さんは、やすと政さんの顔を見て破顔した。

「あんたら、無事だったのかい！」

正吉さんは笑顔のまま、棒を担いで近づいて来た。見れば背中に袋を背負っている。

「いやあ、良かった。紅屋《くれないや》も商売してねえみてえだったから、あんたらのことが心配だったんだ。えっと、確か料理人の政一《まさいち》さん、それにお勝手女中のおやすちゃんだったな」

「へえ。正吉さん、品川《しながわ》にいらしてたんですかい」

「いや、三浦《みうら》の方で仕事してたんだが、品川が高潮にやられて大変なことになってるって耳にしてな。大工も材木も足りねえから、壊れた長屋が直せねえ、着のみ着のまままみんな野宿してるって噂《うわさ》が三浦の方まで流れて来たんだ。三浦の仕事は神社の建て直しだが、どのみちまだあと二年はかかる大仕事で、ひと月ばかり俺《おれ》がいなくても何とでもなる。大工が足りなくて野宿してるなんて聞いたら、何か役に立てねえもんかと思ってさ、親方に頼んでひと月ばかり休ませてもらうことにして来てみたんだ」

「わざわざ、仕事を休んでまで……」

政さんは感激して、正吉さんの手をとった。

「ありがてえ、本当にありがてえことです……」

「いや、そう言われても、大工だけじゃどうにもならねえよ。こっちに来てみて驚いたが、聞いてた以上にひどい有様だな。しかもお江戸も高潮と芝《しば》の大火事で大変なことになってるようで、木材どころか障子紙《しょうじがみ》すらこっちにはまわって来ねえらしいじゃねえか。さっき百足河岸《むかでがし》に行ってみたが、河岸もすっかり高潮にさらわれてなんにも残ってねえ。長屋も根こそぎだ。材木なんて贅沢《ぜいたく》言っていられねえ、板切れでも何でも、小屋に使えそうなもんを拾い集めるしかねえ」

「百足河岸もそんなにひどいことに……」

百足屋《むかでや》の建物は造りが頑丈だったおかげで無事だったと聞いているが、何もかも水に浸《つ》かってしまい、旅籠《はたご》として客を泊められるように直すにはしばらくかかるらしい。

「ちゃんとした材木なら組み木で建てられるんだが、板っきれじゃあ釘《くぎ》を使うしかねえだろ。なのにその釘もねえ有様だよ。何もかも、高潮が呑《の》み込んで海にさらわれちまった。だが波ってのは引いたら満ちるもんだ。そろそろ高潮が持ってってちまった物が浜に返される頃《ころ》じゃねえかってな、小屋を建てるのに使えそうな釘やら何やらを拾ってたとこなんだ」

正吉さんは背中の袋を揺すった。じゃら、と音がした。

「長屋を建て直すのは俺一人じゃできねえし、材木もいる。けどその前に、屋根と壁のある小屋をいくつか建てるくらいなら、板切れと釘があればできるからな。今のお救い小屋は棒を立ててむしろを渡しただけみてえなシロモノで、雨が来たらみんなずぶ濡れだ。早いとこ、雨風のしのげる小屋を建ててやらねえとな」

「それは……ありがたいことです。わざわざ仕事を休んでまで……」

「いやいや、実を言えばあんたたちに礼を言いたかったのもあるんだ」

「礼？」

「これだよ」

正吉さんは首から提げている小さな袋を、胸の合わせから取り出して見せた。

「この中に、あんたからもらったあの、浅蜊の真珠が入ってるんだ。いや、こいつを首から提げてたおかげで、俺は命拾いしたんだよ」

「命拾いですかい」

「そうなんだ。あんた言ったろう、浅蜊でも真珠ができることがあるが、かなり珍しいことだ、だからこいつを持ってりゃ運が向くってさ」

「へい、珍しいのは確かです。なのでまあ、縁起はいいだろうと思ってお渡ししたんですが」

「実はな、この夏、俺は神社の屋根を組んでる最中に、足を踏み外しちまったんだ。

まだ瓦《かわら》も留めてない裸の屋根だ、ずるずると滑って体が止まらねえ。これはまずい、落ちたら死ぬ、と焦ってじたばたした時に、首にかけてたこいつが組み木の端っこに引っかかった。それで滑るのが止まって、なんとか落ちずに済んだんだ。いや首は紐《ひも》で引っ張られて苦しかったがな、ぐえっとなっても体が止まったんで、這《は》いずって紐を外すこともできた。あのまま下に落ちてたら、足を折るくらいでは済まなかったかもしれねえよ。背骨でもやっちまったら一生いざりだ、頭から落ちたらあの世行きだ」

「なんとまあ」

政さんは目を見開いていた。

「そんなことが」

「やっぱり浅蜊の真珠にゃ運がついてたんだな。あんたらのおかげだよ。そのこともあったんで、品川が高潮にやられたって知った時、恩返しに行かねえとって思ったんだ」

「それは本当に、ご無事でようござんした」

「お救い小屋をいくつか建てたら、紅屋の二階を直すのも手伝ってやるよ。外から見ただけだが、二階の壁が丸々無くなっちまってるじゃねえか」

「颶風《ぐふう》の大風に持って行かれちまいました」

「木材がちゃんと手に入ったら、どのみち建て替えないとならねえだろうが、それまでの間、あのまんまじゃあんまりだからな、板切れで壁と屋根をなんとかして、二階でも寝泊まりくらいはできるようにしてやるさ」

「それはありがたいお話ですが、よろしいんですかい」

「宮を造ることに比べたら、長屋や町家を直すなんざどうってことはねえよ。まあそのうちには、稼ぎ時だってんであちこちから大工がやって来るだろうし、材木も瓦も入って来るようになるだろうさ。それまでの間、できることをするだけだ」

政さんとやすは、正吉さんの気持ちが嬉《うれ》しくて何度も礼を言い、頭を下げた。

「ところで正吉さん、どこにお泊まりになってらっしゃるんで」

「ああ、大通りを外れた北のほうに、鷺屋《さぎや》って小さい宿がある。そこはいくらか高台だったおかげで高潮を被《かぶ》らずに済《つ》んだらしい、戸板や障子はそっくり風に飛ばされちまってるが、むしろを吊るしてなんとか旅籠をやってるんだ。戸板を直してやると言ったら宿賃はいらねえと言ってくれたんで、そこに逗留《とうりゅう》さしてもらうことにした。けど残ってる米しか食べるもんがねえから、握り飯しか出せねえってな、まあしょうがねえ、握り飯でも食えれば充分だ」

「それでしたら、飯は紅屋でお出しします。朝昼夕、いつでもいらしていただければ」

「本当かい？」

正吉さんの顔が輝いた。

「そいつは嬉しいな。前に泊まった時の飯があんまり美味《うま》くて、今でも時々思い出しちゃ、口ん中がつばでいっぱいになっちまうくらいなんだ。けど、お代は」

「お代なんてとんでもない。品川の為《ため》に働いてくださる方をおもてなしするのは、品川で商売するもんにとって当たり前のことです。ただ、こんな時なんで、以前のような料理はお出しするのが難しいのはおゆるしください。我々の賄い飯とそう違わないものしかお出しできねえと思いますが、精一杯心を込めて作らせていただきます」

「なあに、漬物と飯だけだっていいさ。紅屋の漬物は本当にうまかった。じゃあ遠慮なく、飯の時は寄らせてもらうよ」

「へい、番頭に申しつけておきます」

「いやいや、勝手口から顔を出させてくれ。あんたらと一緒に賄い飯がいただけりゃそれでいいんだ。待っててくんな、お救い小屋をぱぱっといくつか建てて鷺屋の戸板を直したら、紅屋の二階もちゃんとしてやるから」

正吉さんは鼻歌を歌いながら、また棒を浅瀬に突っ込み始めた。見ている間に釘だのなんだのを拾い上げ、袋に入れていく。

やすたちは頭を下げて正吉さんから離れ、浅蜊がいそうな浜を歩いた。

釘だの木片だのが多そうなところは避けて、砂の上に何も見当たらないところを探す。颶風から日も経《た》って、海の水の濁りはあらかたなくなっている。澄んだ品川の浅瀬は底がよく見えた。

この辺り、と見当をつけたところで水に浸かり、足首の上あたりまで潮に晒《さら》して、腰を振る。腰の振りに合わせてぐりぐりと足が砂にめり込む。貝踏み、と呼んでいる、女子供にもできる浅蜊漁だ。

砂に足の裏がめり込んで行くと、やがて貝に当たることがある。浅蜊も蛤《はまぐり》も、数個が同じところに固まっていることが多いので、足裏が貝を踏み当てたら急いで熊手《くまで》で掘る。運がいいと、ごろごろと貝が採れる。

本当なら最初から裸足《はだし》で貝を踏む方がいいのだが、何が流れついて埋もれているかわからないので、まずは草履《ぞうり》のままで足を砂に埋め、草履の下に貝らしい硬さを感じたらそっと草履を脱いで、足の裏をあててみる。もたもたしていると貝が潜《もぐ》って逃げてしまうので、足の裏に貝の形を感じたらすぐに腰を動かして砂に足を埋め、あとは手で掘り出す。
下を見ていても砂の中までは見えないので、やすは、貝踏みを始めたら足の裏の感触に集中しながら、海や空を眺めることにしていた。何も考えずに景色を眺めている方が、貝の形がよくわかる気がする。

高潮のせいで浜の様子は一変してしまっていた。行儀よく並んでいた舟が一艘《そう》も見当たらない。代わりに、壊れた舟の残骸《ざんがい》がいくつか打ち上げられている。

「前の地震の時は、少なくとも壊れた家がそのまま残った。瓦礫《がれき》の中から使える物を掘り出すことができた。けど今度はなあ、みんな潮に持って行かれちまった」

政さんがため息と共に言った。

「高潮に運ばれた物は、いつかこの浜に戻るんでしょうか」

「いや、潮に乗って遠くまで運ばれちまうだろう。品川のかけらが、そのうち日の本のあちこちの浜に流れ着くだろうさ」

「毎年こんな災難が続くなんて」

やすは独り言のように言った。

「天の神様は、酷《ひど》いことをなさいます」

「天のすることは俺らにはわからねえが、生き残ったもんは助け合え、ってことだけは、身に染みたな。正吉さんのような人がいる限り、俺たちはしょげてちゃいけねえんだ」

「……あっ」

やすは足の裏に感じた貝を急いで掘った。

「大浅蜊！」

手にしたのは、普通の浅蜊の何倍もある大きな貝だった。大浅蜊と呼んでいるが、浅蜊ではない別の貝だそうだ。浅蜊ほどの旨味《うまみ》はないけれど、大きいので食べ応《ごた》えがある。

「いいじゃねえか、そいつなら焼いただけで夕餉《ゆうげ》の真ん中に出せる。もっといねえか探してみよう」

日暮れ近くまで二人で夢中になって貝踏みをし、浅蜊、蛤、大浅蜊を笊《ざる》に一杯集めた。集めた貝を持って政さんは、網元の家まで歩いた。浜で貝を踏むには網元のゆるしが必要で、政さんもいつもはちゃんと魚屋から貝を買う。網元の家は流されてはいなかったが、浜にほど近いところに建っているので高潮に洗われ、瓦も障子も残っていなかった。舟をなくして漁に出られない網子《あみこ》とその家族が集まっていて、炊き出しが行われていた。政さんは採れた貝を網元に渡し、その中から紅屋で使う分だけ買い取った。銭よりも今は米だろう、と、持参した米と交換した。

途中で潮水を汲《く》み、紅屋に戻ると貝を潮水に浸ける。砂出しには時間がかかる。その日の夕餉には間に合わないので、また高野豆腐を煮付けた。おまきさんがどこからか茄子《なす》を手に入れていた。番頭さんの親戚《しんせき》から鶉《うずら》が届いていたので、それを叩《たた》いて椀《わん》に仕立てた。それから鶉の肉を少し、茄子に挟んで天ぷらにした。

その日も泊まり客は三組とも、お救い小屋にいた人々だった。

「親戚を頼って、明日品川を出るんだってさ」

おしげさんが、聞いて来た話を披露する。

「みんなそうだよね、品川にいたってこの先、仕事が見つかるかどうかもわからない。旅籠もあらかた流されちまった」

どうやら、紅屋に招かれる人々は、品川から出て行くと決めた人たちのようだ。品川最後の思い出をこの宿で作ってもらいたい、それが大旦那《おおだんな》さまの思いなのだろう。

翌日の朝餉には、浅蜊の味噌汁《みそしる》が出た。そして夕餉には大浅蜊が焼いて出され、棒《ぼう》鱈《だら》の煮物も膳《ぜん》を飾った。

正吉さんは毎日やって来て、やすたちと賄い飯を食べた。朝は鷺屋で食べ、昼はお救い小屋で炊き出しを貰《もら》っているらしい。正吉さんのおかげで、お救い小屋はちゃんと屋根も壁もある立派な小屋になっていた。拾い集めた板切れや曲がったり錆《さ》びたりしている釘、そんなものでも正吉さんの腕にかかれば人が住める家になる。

数日後、正吉さんは大工道具を抱えてやって来た。後ろから荷車を引いた子供が付いて来た。

「お救い小屋にいたんだが、高潮でふた親とも失《な》くしちまって、母親の里が三浦だって言うんで、なら俺が帰る時に三浦まで送ってやるってことになってな。それまで手伝いをさせることにした」

三太《さんた》、というその子は九つだった。

三太はよく働いた。毎日正吉さんと一緒に紅屋に来て、正吉さんと一緒に二階に上がる。板切れを運んだり水を運んだり、ひと時も休んだりしない。わずか九つでも、この世で今、頼れる人は正吉さんしかいない、正吉さんに見捨てられたら終わりだ、と、必死なのかもしれない。

やすは三太が可愛《かわい》かった。勘平《かんべい》の代わりに男の子が奉公に来る話があったのに、高潮のせいで流れてしまった。紅屋が元のように商売できるようになるのは、まだだいぶ先のことだろう。それまでは、奉公人の小僧などおく余裕はない。

三太は正吉さんと一緒に紅屋で夕餉を食べたが、遠慮しているのかなかなかおかずに箸《はし》をつけなかった。やすは、三太の飯茶碗《めしぢゃわん》にご飯と一緒に煮付けや天ぷらなどものせてやった。

二階の修理は数日で出来上がった。やすとおまきさんは、おしげさんの長屋からやっと紅屋の奉公人部屋に戻ることが出来た。

正吉さんは他の旅籠や店からも頼まれて、しばらく品川で大工仕事に精を出していた。日が経《た》つにつれて大工の数は増え、材木もいくらか入って来るようになった。

政さんは大工仕事に興味が湧《わ》いたと見えて、時々正吉さんの仕事を手伝っていた。

品川は、少しずつ少しずつ、以前の姿を取り戻し始めていた。

遊郭はいち早く店を開いた。それにつれて小間物屋や履物屋も、壊れた店の前に縁台を置いて商売を再開した。屋台で食べ物を売る店も毎日増えて行った。

正吉さんが一階の客間を修理してくれたので、新しい畳を江戸から仕入れた。三組しか泊まれなかった紅屋が、月の終わりには七組泊められる旅籠に戻っていた。

「明日から呼び込みを始めましょう」

番頭さんがついにそう言った。

「街道を歩く旅の人の姿も増えましたからね」

大山《おおやま》の紅葉《もみじ》がほんのりと色づく頃に、紅屋はようやく、以前のように旅人を泊める宿に戻った。それでもお救い小屋が閉まるまでは、高潮で家を失った人たちを招待することは続けられた。

正吉さんと三太が品川を出ることになった朝、二人はわざわざ紅屋に寄って朝餉を食べた。その朝の味噌汁には浅蜊が入っていた。

「正吉さん、本当にありがとうございました」

番頭さんや若旦那さまも、お勝手の醤油樽《しょうゆだる》に腰掛けて朝餉を食べている正吉さんに挨拶《あいさつ》をしにやって来た。

「二階を使えるようにしていただき、客間まで直して貰って本当に助かりました。ようやく大工の数も増えて来ましたが、あなたがいなければまだまだ、旅籠商売を始めるのには時間がかかっていましたよ」

番頭さんが言った。正吉さんは笑顔で、首から提げた小袋を出して見せた。

「なあに、こいつに命を救われた恩返しでさ。こいつは紅屋のお勝手から出た浅蜊の真珠、本来は紅屋のもんです。それを俺の宝物にして貰ったから、俺は死なずに済んだ。浅蜊の恩を返しただけでさ。それにしても美味《うま》いねえ、紅屋の浅蜊の味噌汁は。なるほど砂粒なんざひとっ粒もへえってねえ、浅蜊の身はふっくらとして、出汁《だし》の味を殺さない味噌の加減が絶妙だ。おやすちゃん、あんた、いい料理人になるよ」

「へえ、ありがとうございます」

やすは頭を下げた。

「女だからって遠慮することはねえよ。江戸や上方には女の料理人も増えてるって話だし、うちん中ではかみさんが料理するのが当たり前なんだから、料理人に女がなれねえ道理はねえ。今度ここに泊めてもらうのは一年は先になると思うが、おやすちゃんがどんだけ腕を上げるか楽しみにしてるぜ」

「へい、お越しをお待ちいたしております」

「正吉さん、また顔を見せてくれるのを心待ちにしてますよ」

政さんも言った。

「それまでに、正吉さんから教わったカンナがけ、もっと上手《うま》くできるようになっておきます」

「それは楽しみだが、政さん、あんたは大工より料理人が似合ってるよ」

やすは三太の手に紙包みを手渡した。牛蒡《ごぼう》を甘く煮て砂糖で固めたものだった。本当はきんつばかまんじゅうでも作ってやりたかったのだが、小豆《あずき》はいつ手に入るかわからないので残っているものを無駄にはつかえない。おまきさんが農家から集めて来た野菜の中で、甘く煮て美味《おい》しい牛蒡を菓子にしてみた。牛蒡なら子供のお腹《なか》にもいいだろう。

「元気でね、三ちゃん」

「へえ。おやすちゃんもお元気で」

「またいつか、会えるといいね」

「へい」

三太は涙ぐんでいる。やすも涙をこらえていた。

❖

呼び込みでお客を泊めるようになると、紅屋は俄然《がぜん》旅籠らしさを取り戻した。里や親類のところに身を寄せていた奉公人たちも、二階の部屋が使えるようになって戻って来た。幸いなことに、奉公人の中で高潮に命をのまれた者はいなかったが、親類や知り合いまで含めれば、皆、誰《だれ》かしら失っていた。政さんも長屋で顔見知りだった人が大風の中、逃げる途中に飛んで来た戸板に当たって死んだと肩を落としていた。

やすは、勘平のことが心配でたまらなかった。あの大風の夜、芝から出た火は大火となって江戸を燃やした。勘平が寝泊まりしていた塾は無事だったのだろうか。勘平の安否は、あの晩からひと月近く経っても判《わか》らないままだった。

それでも、くよくよと考えている暇はなかった。少しずつましになっているとは言え、まだまだ野菜も魚も以前のようには手に入らない。やすは政さんと共に朝から歩きまわり、品川だけでなく神奈川《かながわ》の方まで足を延ばして、野菜や魚を買い付けた。

高潮に襲われなかった場所では、日々はあの夜の前と同じで平穏そのもの、旅籠も他の商店もみな普通に商いをしている。品川から買い付けに来たとは知らずに応対した人の中には、品川に卸せば品物が何倍にも高く売れると喜んでいる人も少なくない。憤りは感じなかった。それが商売というものだ。必要としている人がいれば値は上がる。けれど、どうして品川がこんな目に、なぜ自分たちがこんな思いをしないといけないのだろう、という、やるせない思いは胸の中で膨らんで行く。

ひと通り買い付けを済ませて街道を東に戻る足取りは、政さんもやすも重い。覚悟してはいても、食材にかかる費用がこんなに高くなっては、宿賃を上げなければ紅屋に儲《もう》けが出ない。けれど大旦那さまは頑として宿賃を上げない。損が出た分は自分がかぶるとおっしゃっている。

何とかできないかしら。

やすは歩きながら必死に考えていた。宿代を上げることはできない。泊められる客の数も、部屋が足りないから増やせない。客室が毎日満杯でも利益は出ない。損が膨らむ。

こんな時、勘ちゃんがいてくれたら。

勘平は算盤《そろばん》が得意だった。料理にはあまり興味を示さなかったけれど、暗算もできて、宿代がいくらいくらで客が何組だから、今日の上りはいくらいくら、儲けはいくら、などという計算はすぐにやってのけた。

勘ちゃんがいたら、何か面白い考えを聞かせてくれたかもしれない。勘平は変わった子供だった。怠け者で甘えん坊、奉公人としては半人前以下だったが、話は面白かったし、やすには思いつかないような突拍子もないことをいつも考えていた。

根曲りの細い筍《たけのこ》をどう料理するかと問われて、茹《ゆ》でたのをぐるぐる巻いて串《くし》に刺したらどうか、などと答えたことを思い出す。そんな料理は見たことがないし、ぐるぐる巻けるほど柔らかく煮過ぎてしまった筍では、風味が抜けて美味しくないだろう。けれど、それが出て来たら、少なくとも子供なら大喜びしただろう。面白いから。

子供にとっては、筍の野趣あふれる風味などは、あまり美味しいものではないかもしれない。それよりも見た目が面白い方が、楽しく食べられるだろう。もしかしたら今必要なのは、そうした新しい考え方なのかもしれない。

勘ちゃんに逢《あ》いたい。


やすの頬《ほお》に思わず涙が伝った。

勘平は絶対に、死んだりしていない。それは信じていた。大火事が出たと言っても、あの雨と高潮の中だ、一気に燃え広がったわけではないだろう。逃げることはできたはずだ。勘平は足が速い。のんびりしているようでいて、意外に敏捷《びんしょう》なところもあった。


「おやす、どうしたい」

頬に涙を光らせているやすを見て、政さんが心配してくれた。

「気分でも悪いか。どこか、茶屋でも探して休んで行こうか」

「いいえ、大丈夫です。すんません、そうじゃなくって……ちょっと、勘ちゃんのことを考えてしまいました」

　政さんが、そうかい、と小さな声で言ってから、黙りこんだ。二人はしばらく無言で歩いた。

が、半里ほど歩いたところで政さんが口を開いた。

「数日内に、芝に行ってみようかと思ってる」

「芝に！」

　政さんがうなずいた。

「健心塾《けんしんじゅく》に勘平を紹介してくれた、若旦那の知り合いも心配していてな。芝は一帯が丸焼けになったらしいから、まあ塾も焼けちまっただろうが、塾生はみんな若いし、逃げ遅れはしなかったろう。現地に行ってみれば、逃げた人たちがどこにいるかわかるかもしれない。勘平の実家でもやきもきしているだろうしな」

「わ、わたしも行きます！」

「だめだ」

　政さんは笑った。

「俺が夕餉の支度までに戻らなかったら、おまえがちゃんと夕餉を用意しないとならねえ。おまえさんは料理人だ、まずは料理をしっかり作るこった」

「勘平は大丈夫だよ。きっと元気に生きてる。あいつはそういう奴《やつ》だ」

「へい、わたしもそう思ってます」

「だろう？　勘平はあれで、頭の回転が妙に速いとこもある。生き延びる為にどうしたらいいか、きっと咄嗟《とっさ》に思いついてやってのけたさ」

「へ、へい」

政さんにそう言われると心が落ち着いた。

翌々日、政さんは若旦那さまと共に芝へと出かけて行った。竹の皮に包んだ握り飯を持って。もし勘平を見つけたら食べさせてやりたいからと、五つも余計に握って。

やすは朝餉の後片付けのあと、政さんが書きつけてくれた夕餉の献立を眺め、支度に取り掛かった。

その日の朝から魚屋が顔を見せるようになっていた。舟を失った網子たちは浜で貝や海苔《のり》を採ってなんとかしのいでいるらしい。助かった舟もほとんどが壊れていて、ようやく直った舟が数隻《せき》、今朝から漁に出たと言う。

魚屋が鰯《いわし》を見せてくれた。高潮があろうとなかろうと、海の中はいつもの通りなのか、鰯はよく太って色艶《いろつや》も良かった。これを塩焼きにしよう。

「鰈《かれい》はどうです。これはなかなか、いい鰈だよ」

「本当に。けど、三匹しかないから足りないわ」

「刺身にひいたらいいですよ。鰈なら薄造り、一人前はちっとでも膳が豪華になる」

腹子は煮付けて朝餉に出し、骨や縁側は煮こごりにして賄いにできる。やすは鰈も買った。品川の海の魚を料理して膳にのせられる、それはとても嬉しいことだった。

勘平は魚の煮こごりが好物だった。温かい飯に煮こごりをのせ、少し溶けたところを一気にかきこむ。口のまわりに飯粒をつけて笑う勘平の顔が思い出された。

「それにしても、いろいろ続いて疲れちまいましたね」

魚屋がため息混じりに言った。

「黒船が来て、めりけんやらえげれすやらと異人が増えて、そうこうしてたら駿河《するが》で地震。で、あれあれと思ってたら今度はこっちで大地震だ。ようやっと命が助かったと安心したところで今度は颶風で高潮だものね、もう命がいくつあっても足りゃしねえ。改元したってちっともご利益がなかったしねえ。噂では、薩摩《さつま》の姫君が公方《くぼう》様のご継室にって話だが、公方様は先の御台所《みだいどころ》がお二人もその……でしょ、薩摩のおなごは丈夫だと聞いたことはあるけれど、大丈夫なんですかねえ。って、いけねえ、余計なこと言うとお上の耳がこええや」

魚屋は苦笑いして去って行った。

薩摩のおなご。

やすは、おあつさまのことを思い出した。さすがにもうお輿入《こし》れも済んで、今頃は、お江戸のどこかのお屋敷で、奥方様として暮らしておられるのだろう。一度嫁いだら、故郷の薩摩へも二度と帰れないだろうと言っていらした。自由に外を出歩く事も出来なくなるとも。

もうお会いすることは叶《かな》わないのだろうか。

それでも、進之介《しんのすけ》さまを通じて文《ふみ》はいただけるかもしれない。いや、文もままならぬだろうと進之介さまがおっしゃっていた。

鰈の薄造りは政さんに教わったことがあるが、一人で柳刃《やなぎば》を扱うのはまだ自信がない。もしかすると政さんが支度に間に合うように帰って来るかもしれないので、先走らずに下ごしらえだけしておくことにする。

内臓をそっと抜いてよく洗い、卵はさらに塩水に浸けておく。

三枚におろして、紙塩をした。身に塩をして紙でまく。こうすると身に塩が染み込み、薄く味がつく。

皮、骨、頭、縁側は醤油と酒で煮る。平目《ひらめ》ならば縁側も刺身で食べたいところだが、そう大きくない鰈の縁側は刺身には向かない。その代わり、煮こごりにすると絶品だ。やすは嬉しかった。こうして品川の魚が戻って来た。そのうちには何もかも、以前のようになるに違いない。

高潮なんかに、この町は負けない。東海道一の大宿場町は、負けたりしない。

三　鉄鍋ともももんじ

政《まさ》さんと若旦那《わかだんな》さまはその晩遅くに戻って来た。やすは、夕餉《ゆうげ》に出した献立をひと揃《そろ》いとっておいた。鰈《かれい》の薄造りはまだ少し自信がなかったが、政さんは、まあこんなもんだろう、と言ってくれた。それでも政さんにしたら褒《ほ》め言葉なのだ。だが手放しで褒められたわけでもない。そのあと、政さんは、柳刃の持ち方をやすにもう一度教えた。ちょっとした手首の使い方で、どれだけ薄く魚の身がひけるか差が出てしまう。包丁はこわい。料理人のすべてがはっきりと現れる。

煮こごりは明日の賄いの楽しみだった。一晩置かないと、ぷるんと固まらない。卵の煮付けは褒められた。やすは嬉《うれ》しかった。

だが、もっと嬉しかったのは、勘平《かんべい》の消息が判《わか》ったことだった。信じていた通り、健心塾《けんしんじゆく》の塾生は全員無事で、下男の勘平も含めてひとまず、塾長の友人が開いている他の塾に預かりとなっているらしい。

「大火事の時、勘の字はなかなかいい活躍をしたらしいぜ」

政さんが目を細めた。

「塾生みんなで近所の人達を助けて逃げたらしいんだが、勘平は咄嗟《とっさ》に荷車にむしろを敷いてそこに用水桶《ようすいおけ》の水をぶっかけ、子供らをぎっしり載せてひいて逃げたそうだ。子供らは水で濡《ぬ》れたむしろを被《かぶ》って火の粉から身を守った。お救い小屋ではぐれた子供と会うことができた親たちは、勘平に感謝して泣いていたって話だった」

やすは嬉しさのあまり、思わず手を叩《たた》いてしまった。

「勘ちゃん、やりましたね!」

「ああ、やりやがったな。あいつに命を救われた子供とその親は、生涯あいつに感謝するだろうよ。それだけでももう充分、あいつは紅屋《くれないや》に恩返ししてくれた」

「紅屋に……」

「だってそうじゃねえか、俺《おれ》たちと一緒に働いていた小僧が人助けをしたんだぜ、俺たちだって鼻が高い。若旦那なんか大喜びで、勘平の実家に文《ふみ》を出すって言ってらしたよ」

「勘ちゃん……成長したんですね」

「ああ、あいつも大人になった。俺は、自分のことだけじゃなくって、自分より弱い者を守ろうとするようになったんだ。俺は、勘平はもう大丈夫だって思うよ。あいつはこの先、ちゃんと、世の中の役に立つ男として生きていける。料理人の修業から逃げ出したことも、俺やおやすをそれで悲しませたことも、もう帳消しにしてやろう」

「へえ」

やすはうなずいた。

「健心塾で塾生を教えてるって先生が、焼け跡の芝《しば》に残って焼け出された人達の世話をしてるんだが、その人の話だと、勘平はかなり優秀らしい。できればどこか武家に養子に出して、本気で学問をさせたらいいと言ってたな」

「……武家に養子に」

「商人の息子じゃ学問を修めてもそれで食っていくのは難しい。武家に養子に入れば、養父の禄《ろく》を引き継ぐこともできるし、養父が幕府のお役目に就いているならその口利きで宮仕えもできる。学問で秀でていれば出世だって望める」

「でも勘ちゃん、剣術ができませんよ」

「今時の二本差《ざ》しで剣がたつお侍なんか、ごくわずかだろう。まあ切腹の作法くらいは知っておかねえとならねえだろうが、人斬《ひとき》りのやり方なんざ知らなくてもいいさ」

ははは、と政さんは笑ったが、やすは、切腹、という言葉に身震いした。それを見て、政さんはやすの肩をぱんと叩いた。

「そんな顔するんじゃねえよ。切腹なんざ、お武家様でも滅多なことではもうしつからねえって話だ。よほど偉いお方が、よほどの大事をはたらいた時だけだってさ。商人の小倅《こせがれ》、奉公に出てたような小僧が養子にしていただけるとしたら、まあお城勤めでも下っ端のお役人さまがせいぜいだ、切腹をもうしつかるような大役に就けるはずがねえ。大丈夫、刀を腰にさげてても、抜くのは手入れをする時か、質屋に持ち込んだ時だけだ」

「勘ちゃんにお武家がつとまるでしょうか」

「さあなあ、まああいつが二本刀を差して歩いてるとこなんざまるで思い描けねえが、あれで勘の字は図太いとこもあるから、武士になっちまったらなっちまったで、案外馴染《なじ》んで生きていけるんじゃねえか。若旦那はその話を聞いてかなり乗り気になってるぜ。紅屋も武家筋に知り合いがいないわけでもないし、火事の時の活躍と、学問の才があるってことを売りにすりゃ、後継のいないお武家の家に迎えてもらえるかもしれねえ。実家に戻ったところで冷や飯食いの身だから、実家の方も喜ぶだろう」

でも、と、やすは言いかけて口を噤《つぐ》んだ。

武士の家に養子にいくことは、勘平にとってきっと素晴らしいことなのだ。武士であれば、学問で身を立てることが夢ではなくなる。

だが、武士は武士、戦の時には戦わなくてはならないのでは？

権現様《ごんげん》以来この国に大きな戦はない。武士と言っても、刀を一度も抜かずに終わる人も多いだろう。けれどひとたび戦になれば、武士である以上は戦場に赴くのが責務のはず。

やすは子供の頃《ころ》から武士が怖かった。今でも、進之介《しんのすけ》さまのように優しい人でさえ、刀を腰に差しているというだけでそばにいると緊張する。

あの勘ちゃんが、刀をさげて歩くなんて。

やすは、勘平の幸せを祈りたい気持ち以上に、勘平には武士になってほしくない、と願っている自分に気づき、恥じた。勘平はもう、自分の後ろをついて歩いていた幼い男の子ではない。自分とは別の人生を歩いている、一人の若者だ。

そのことを忘れないようにしなくては。

それに、と、やすは思い直す。この国で戦が起こるなど、考えられない。権現様の時代から二百年以上、大きな戦はなかったのだ。ただ、人の噂話《うわさばなし》は際限がないものだ。黒船以来、異国が攻めて来ると怖がっている人もいた。そんなことが本当に起こるのだろうか。起こったとしたら、武士は異国と戦うことになるのだろうか。

その翌朝。

お客の出立が終わり、朝餉の片付けに茶碗《ちゃわん》を洗っていた時のことだった。井戸の水はまだ手が痺《しび》れるほど冷たくはなかったが、秋は日に日に深まっている。もうじき、吐く息が白く見えるだろう。やすは洗い終えた茶碗を笊《ざる》にのせ、腰を上げた。その時、自分の後ろに立っていた人に気づいて、思わず、きゃっ、と叫んでしまった。

「おっとっと。お茶碗を落としたら大変ですよ」

男の人が笊を支えるように手をのばした。

「せ、清兵衛《せいべえ》さま!」

十草屋《とくさや》清兵衛が立っていた。

「ど、どうして……」

「百足屋《むかでや》さんにお見舞いに参ったついでにお寄りしました」

「お、お見舞い？　百足屋の旦那様、お具合でもお悪いのですか！」

「いえいえ、そうではありません。ただ、高潮で旅籠《はたご》の建物がひどく壊れてしまい、しばらくはお商売ができない有様で、気がふさいでしまわれたと聞きましたので。確かにあの様子では、建て替えをしないと以前のようなお商売は難しそうですね。しかし今はまだ、ああした大きな建物を普請できるだけの木材も大工の手も足りない。どのみち何ヶ月もお商売を休まれるのでしたら、いっそご夫婦で、春が来るまで暖かい土地にでも行かれて養生されたらどうかとおすすめして参りました。南伊豆《みなみいず》に、私どもが懇意にしております網元の屋敷がございまして、そちらでは歓迎するのでぜひと言ってくれているのです。南伊豆ならば冬でもさほど寒くはなく、気持ちよくお過ごしいただけるだろうと。普請の段取りはご長男にお任せすればいいことですし」

「あの……」

「お小夜《さよ》でございますか」

清兵衛さまは、優しく微笑《ほほえ》んだ。

「お小夜も連れて参りたかったのですが。と言うより、わたしも行く、連れて行けと大騒ぎされたのですが」

清兵衛さまは、頭をかく仕草をした。

「ちょっといま、お小夜は体に障りがございまして」

「えっ！　お小夜さまに何が」

「ご心配は要りません。病ではございません」

清兵衛さまは、なぜか少し照れたような顔になった。

「その……まだ医者も、はっきりしたことはもうひと月ばかり待たないと言えないとか申しまして、ですが、まず間違いはないだろうと。あれほどよく食べる人だったのが、めっきりと食欲がなくなって、朝から胸がむかむかすると言っておりましたので、もしやと医師を呼びまして」

「お、おめでた！」

やすは思わず声を高くした。

「おめでたなんですね！」

「はあ」

清兵衛さまは、嬉しそうだった。

「本当は、おやすさんにはもっと早く知らせたかったようなのですが、どうにも悪阻《つわり》が重くて、墨の匂《にお》いが嫌だと言って、文が書けないようなのです。おかしなものの匂いが苦手になるものですねえ、悪阻というものは。すりたての墨の匂いなど、私には大変いい香りなのですが。しかし匂いに敏感になるくらいならいいのですが、芝の大火で、品川《しながわ》まで来る道中、まだ道が荒れていたり瓦礫《がれき》が散乱しているところもあり、それでなくても駕籠《かご》は揺れますから、お小夜の体で品川まで連れて来るわけには参りません。どうしても行きたいとわあわあ泣きますのを置いて参りましたので、帰ったらどれだけむくれられることか」

「……わたしの方がお小夜さまに会いに行けたらいいのですが……紅屋もこんな有様なので料理人が一人、神奈川《かながわ》宿の方に働きに出ておりまして……食材を集めるのにも時間がかかったり、何かと忙しくて……」

「おやすさんが気に掛けることはありません。おやすさんにとっては、ご自分のお仕事がまず第一です。まあ、お小夜がむくれるのはいつものことですからいいのですよ。私はむくれるお小夜のことも可愛《かわい》いのです」

清兵衛さまは、ちゃっかりと惚《のろ》気た。

「それはそうと、今日こちらに寄りましたのは、これを見ていただきたいと思ったからなのですが」

「はあ」

清兵衛さまは、やすと共に紅屋の勝手口まで歩いていた。

「あ、清兵衛さま、どうか表玄関におまわりください。掃除の済んだお部屋をご用意します」

「いやいや、お勝手で充分です。と言うより、お勝手がいいんですよ。お勝手に関《かか》わることですから」

清兵衛さまは背中に背負っていた大きな袋を、よっこらせ、と言いながら下ろした。やすは慌てて奉公人が賄いを食べる小部屋から座布団を持って来て、醤油樽《しょうゆだる》の上に置いた。

「こんなところで申し訳ないです」

「そんなお気遣いなく」

清兵衛さまは気さくに樽に腰掛けると、袋の中から何か重そうなものを取り出した。

「あ、それは」

政さんがあぶら焼きの為《ため》に鋳物屋《いものや》に作らせた鉄鍋《てつなべ》だった。

「わざわざお届けいただかなくても。それはそちらに差し上げたものですから」

「いえ、ちょっと見てください。これはおやすさんが持って来てくれたものとは違うんです。あれを模して、作らせたものなんですが」

「へ？」

なるほど、それは新しい鉄鍋だった。立ち上がった縁《へり》の、短い辺に取手が付いていて、よく見ればその取手には菊の花のような模様が彫ってある。

「あの時のあぶら焼きがあまりに美味《おい》しかったので、これは商売になるのではないか、と作らせてみたんです。もちろん手前どもは薬種問屋ですからあぶら焼きで商売はいたしませんが、紅屋さんがお始めになったらいかがかと。いや、紅屋さんは旅籠ですから、食べ物だけで商売はなさらないと思いますが、以前のように部屋数が整うには大がかりな建て直しが必要でしょう。それまでの間、これを使ってあぶら焼きだけ食べさせる商売をなさったら、少しは建て替えに必要な費用をまかなえるのではありませんか」

やすは、鉄鍋を手に取った。

「試しに三枚、作らせて持って参りました。あぶら焼きならば料理人の手間がさほどかかりません、何しろお小夜でも作れるようにとおやすさんが考えてくださった料理ですから」

清兵衛さまは、ははは、と笑った。

「そして手に入る材料だけで商売ができます。油で焼いてうまいものなら、なんでも使えます。実は私、あれこれと試してみたのですが、貝や烏賊《いか》なども もちろん美味しいのですけれども、いちばん気に入ったのは、鴨《かも》でした」

「鴨……」

「はい。仕留めてから軒に吊《つ》るして、よく熟《な》らした鴨の肉を薄く削《そ》いであぶら焼きにしてみたら、信じられないほど美味でした。鴨のあぶらがとても香ばしい。醤油をちょっと垂らしただけでいくらでも食べられます。それで思ったのですが、あぶら焼きは鳥の肉や、猪《いのしし》の肉などにいいのではないかと」

「イノシシ！」

やすがあからさまに顔をしかめたので、清兵衛さまは、申し訳なさそうな顔になった。

「ああ、すみません。獣の肉はこちらでは出さないのですね」

「……ももんじは出したことがありません」

「江戸では獣の肉が大はやりで、あれは薬として売るのが習わしですので、私どもも扱っているのですが、今はもう薬ではなく、美味しい食べ物として人気があります」

「品川でも出す店があるのは知っています。でも……紅屋ではまだ」

「猪によく似ていて、もっと柔らかくて美味しい、豚の肉などもあるんですよ。豚肉は薩摩《さつま》の名物のようですが、こっくりと黒糖と酒と醬油で煮込んだものは大層美味です。高価なものなので滅多に口には入りませんが」

「……わたしは……ももんじを料理するのは……なんだか怖いです」

「そのお気持ちもわかります。江戸でもいまだに、獣の肉を食べるのは仏の道に外れることだと忌み嫌う者もおりますから。しかし、鳥ならばいいのではありませんか。鶉《うずら》などは紅屋でも料理して出すでしょう？」

「へえ、鶉は使います。家鴨《あひる》もたまに使いますが、鴨や家鴨は値が張るので……」

「その時に手に入るものでいいと思いますが、ぜひ鳥も試してみてください。あぶら焼きは肉に向いている料理だと思いますので」

　清兵衛さまは腰を上げた。

「それでは、私はそろそろお暇《いとま》いたします。昨夜は百足屋に泊めていただいたので、今日は早く帰らないとお小夜が真っ赤になって怒りますからね。まだしばらくはそんな余裕はないかと思いますが、またいつか、日本橋《にほんばし》にいらしてくださいね。ほら、私のからだに良い食べ物、あぶら焼きの他にも考えていただくお約束ですよ」

「へ、へい。お小夜さまによろしくお伝えください」

「悪阻がおさまったら文を書くと言っていますから。しかしお小夜が母親になるだなんて、私はいまだにちょっと信じられない思いなんですが。あれはまだまだ、自分が子供のようですからねえ」

「お小夜さまはきっと、良い母さまになられると思います。とても賢い方ですから」

「そうだといいんですが。あれはまだ、医術にたずさわる夢を捨てていないようです。悪阻のこともどうせなら学びたいと、書物を山のように積んで熱心に読んでいます。あなたも知っているでしょう、あの人が自分で作った、あの赤いお手玉。人の臓腑《ぞうふ》を模した形の。今度は腹の中にいる赤子を作るんだなんて言い出して、ちょっとそれはさすがに気色が悪いからやめておくれと頼んでいるんですが」

やすは思わず噴き出しそうになった。お小夜さまらしい。お小夜さまなら、腹の中の赤子を模した人形をこしらえて、産む真似《まね》までしそうだった。

清兵衛さまが帰られてから、お茶もお出ししなかったことに気づいて慌てたが、清兵衛さまはお太り気味なのに歩くのはお速いらしく、ちょっと追いかけてみたがもう姿は見えなくなっていた。

やすは、政さんが仕入れから戻るまで、新しい鉄鍋を触っていた。

さすがに大店《おおだな》の主人が作らせただけのことはあり、それは政さんが知り合いの鋳物屋に作ってもらったものよりも美しかった。鉄板の表面は磨きあげられていて顔が映るほど。取手の細工も手が込んでいた。

これで商売をする。確かに、今の紅屋は旅籠商売だけでは奉公人の給金も払えない。大旦那さまが身銭を切ってようやく続けていられるだけで、商売にはなっていない。もっと夕餉も朝餉も質素なものにして節約すればいいのだが、それでは飯が美味《うま》いと評判だった紅屋の名折れだ。政さんだって承知しないし、大旦那さまも、飯のまずい紅屋など決して認めないだろう。

だが以前のように儲《もう》けを出すには、建て替えをして客部屋を増やすしかないのだ。正吉《しょうきち》さんのおかげで奉公人が寝られるようにはなっているが、二階の修繕はあくまでいっときのしのぎ。一階も大風でいくらか傾いているし、水に浸かっていたところは床が傷んで腐りかけているところもある。それらをすべてきちんと直すには、大変な費用がかかる。

清兵衛さまは商売人で、大店を切り盛りしている方だ。商いに対しての勘はおそらく鋭いだろう。

百足屋のように身代《しんだい》が大きく貯《たくわ》えのある旅籠ならば、建て替えまで休業していても奉公人に給金が払えるだろうが、紅屋は損が出るとわかっていても、いくらかでも銭を稼ぐ必要がある。

この鉄鍋で。

やすは、頭の中に思い描いてみた。

あぶら焼きの欠点は、煙が出ることだ。十草屋でやった時には大広間で、しかも開け放すことのできる縁側があった。だが紅屋の客部屋には縁側はない。廊下を隔てて濡《ぬ》れ縁《えん》はあるが、まさか食事の間開け放して廊下を見ながら、というわけにも行かない。なので、あぶら焼きは旅籠の夕餉として出すのは難しい。やすはそれでも、あぶら焼きの手法は使えると思っていた。台所で焼いて、焼きたてを運べばいいのではないかと。

が、目の前の鉄鍋でじゅうじゅうと音を立てて焼く方が美味しい。

部屋の中ではなく、いっそ庭で供したらどうだろうか。

庭に七輪を置いてその上に鉄鍋を置き、野菜や鳥を焼いて食べる。それは案外、楽しいかもしれない。泊まり客だけではなく、あぶら焼きだけのお代をいただくようにしたら？　焼いて食べる野菜や貝、鶏肉《とりにく》などを一人前ずつ小さな笊にでも盛り付けて渡し、あとは思い思いに、空いている鉄鍋で焼いて食べて貰えばいい。それならば部屋もいらない。人手もいらない。お客が火傷《やけど》をしたりしないように、二人、三人の女中が手伝ってやればいい。

泊まり客にはもちろんそれだけではなくて、そのあとで部屋に戻り、天ぷらの出汁《だし》漬けと香の物などお出ししてゆっくりしていただく。あぶら焼きだけのお客には、握り飯でも用意しておいて庭で食べてもらってもいい。

頭の中で、思いつきがどんどん膨らんだ。

夢中になって考えていたので、政さんが戻って来たのにも気づかなかった。

「おやす、どうしたい。ぼーっとして」

「すんません、ちょっと考え事をしてました」

「珍しいな。おやすは何か考えてる時でも、手を動かす性分だと思ってたよ」

「へ、へい」

「おや、それはなんだい」

政さんが、やすが膝《ひざ》の上に置いていた鉄鍋を見つけた。

「そいつは……」

「へい、十草屋清兵衛さまがいらっしゃいまして」

やすは清兵衛さまとのやりとりを話した。

「ふうん」

政さんは鉄鍋をひっくり返したり撫《な》でたりしながら言った。

「なるほどな。さすが、商いに長《た》けた人は目ざといな。実のところ、俺もこの鉄鍋に油をひいてあれこれ焼いて食べるってのは、もしかすると流行《はや》るんじゃねえかと考えたことがある」

「そうだったんですか」

「ああ、けど紅屋の流儀じゃねえなと思ったんだ。確かにあぶら焼きは美味い。だが料理人の料理とは違う。お小夜さんでも作れる料理ってことならそれでいいが、紅屋は料理自慢の宿だ。料理人が手をかけて丹精込めた料理を味わって食べていただく宿だ。そんな宿で、誰《だれ》でも作れる、いや、客に手間をかけさせるものを出すってのは、やっぱり違うんじゃねえかと思った」

やすは内心がっかりしたが、政さんの言うことはもっともだ、とも思った。

「だが、あぶら焼きが商売になるってのは、間違ってねえだろうな」

「他の誰かが考えついて、あぶら焼き屋を始めるかもしれないですね」

「うん。おやすは嫌っているが、あぶら焼きはももんじに向く料理だしな」

「清兵衛さまも、肉にいいだろうとおっしゃってました」

「この品川でも、猪やムジナの肉を食べさせる店が増えていた。ケモノの肉ってのは、焼いて食うのが一番美味い。異人の国では米を食わずに、ケモノの肉を焼いて食うんだそうだ。高潮で料理屋もみんな壊れたり流されたりしちまったが、だからなおさら、焼いただけで食えるケモノの肉は、これから流行るだろう。今はまだ魚のように炙《あぶ》って出しているようだが、その内には油で焼くことを思いつくやつが出て来るだろうな」

「……紅屋の流儀ではないのはわかります。でも……」

「やってみてえのかい、あぶら焼き屋を」

「い、いいえ、わたしは料理人見習いです。料理を作ってお客さんにお出ししたいです。ただ、商いになりそうならば……紅屋の建て替えには大層なお金がかかるでしょう？」

「そりゃあ、ほとんど丸ごと建て替えることになりそうだからな」

「あぶら焼きの店を、旅籠とは別に出すことはできないかな、と。それで少しでも儲けが出れば、紅屋の建て替えに役立つんじゃないか、と」

政さんは腕組みをして考えていたが、やがて言った。

「おまえさんの考えはわかった。このことはちょっと俺に預けてくれ。考えをまとめて、番頭さんや若旦那とも話し合ってみる。だがな、おやす。商いってのはそんなに甘いもんじゃねえ。あぶら焼きの店を出せば始めは評判になって儲けも出るだろうが、鉄鍋さえありゃ素人にもできる商売だ、すぐに真似して似たような店が現れる。そうなると最後にはお代の安い店が勝つ。おやすはおみねの商いを知っているだろう。おみねはちょっとでも安く料理を出すために、質の悪い魚や野菜も仕入れて使った。だがおみねには、そんな野菜や魚でも一級品に仕上げる腕があった。けれどもあぶら焼きは、そうした料理人の腕が関《かか》わる度合いが少ない。野菜や魚の良し悪《あ》しがそのまま味の差になっちまう。安かろう不味《まず》かろう、で商売を続けていれば、そのうちに客に飽きられて見捨てられる。かと言って、紅屋の料理に使うような野菜や魚を使ったのでは安く出せないから、最初の安売り合戦に負けちまうだろう。どうしたらいい？最初は損をしながらでも安く出して、他の店が店じまいしたら値段を上げるかい？だが客ってのはそういうところ、なかなか厳しいもんだ。一度安く出してたものを値上げしたら、そんならいいや、もう来ねえよ、と言われちまうだろうな。かと言って、質の劣る野菜や魚で、料理人として満足できないものを出し続けてまで商売するかい？」

やすはうなだれて唇を嚙《か》んだ。そこまでは考えていなかった。おみねさんのやり方を目の当たりにして、食べ物商売の難しさを学んだはずだったのに。

「まあいい。俺もいずれは紅屋の夕餉にも出せるあぶら焼きを考えようと思っていたところだ。せっかくこんなに上等な鉄鍋を三つもいただいたんだから、ここはしっかり考えてみよう」

「……へい」

「おいおい、そんなに気落ちした顔をするんじゃねえよ。まあおまえさんのことだから、庭であぶら焼きをやったら楽しいだろうとか、そういうことを考えてたんじゃねえのかい」

図星だ。やすは恥ずかしさで頬《ほお》が熱くなるのを感じた。

政さんは、そんなやすに優しく言った。

「それはそれで、おまえさんらしい。楽しく飯を食うのは悪いことじゃない。俺だって、胡瓜《きゅうり》に塩をしたもんに箸《はし》を刺してそのまま出したことがあったろう。たまにはそういう遊びも、ものを食うってことには大事じゃねえかと俺は思ってる。だから菓子だって、季節をとり入れて綺麗《きれい》な形や色に作るだろう。料理だってそうだ、鮎《あゆ》の塩焼きを出す時は、蓼酢《たでず》で皿に川の流れを描《か》いたり、秋には落ち葉や木の実を模した吹き寄せを作る。季節を感じるってのも、遊びの心だ。人の食い物は猫や犬の餌《えさ》じゃねえ、舌だけでなく、眼《め》でも心でも楽しみながら食うのも人ならではだ。そうした遊びを楽しむ余裕もなく、ひもじさに耐え、口に入るもんなら何でもあさる、それじゃあ飢餓《きが》だ。飢えだ。そんな食い方は悲しいだろう?」

やすはうなずいた。やすの記憶には、そうした悲しい思いが今でも残っている。稼いだ金をすべて博打《ばくち》につぎ込んで借金まみれだった父。長屋の部屋には食べる物など何もなかった。幼い弟の手をひいて通りを歩き、ひもじさに泣き続ける弟に、拾った魚の頭を見せた。それを落ち葉をたいた火で炙って二人で齧《かじ》った。魚の頭は腐りかけていたが、焦げるほど焼いて我慢して食べた。それでも弟は笑顔になった。惨めで悲しくて、やすは涙をこらえて一緒に笑ってみせた。

今は、何と幸せなのだろう。

蓼酢で描いた流れの上に塩焼きの鮎をのせてお客に出せる。賄いにだって、少々形が悪く小ぶりの鮎なら出せるのだ。それをみんなで笑いながら食べている。

楽しく、食べている。

「商いをするかどうかは別として、あぶら焼きをどうやったら、料理人の腕がかけられる料理にできるか、それをおまえさんは考えてみねえか。お小夜さんでも作れる料理じゃなくて、お小夜さんには決して作れねえ料理にするんだ。それなら紅屋の夕餉に堂々と出せる」

そうだ。やすは力いっぱいうなずいた。自分が考えるべきことは、そっちだ。誰でも作れる料理で銭を稼ぐことじゃない。あんな簡単な料理でも、これは紅屋でないと食べられない、と言われるようなものに仕上げることだ。

その日から、やすは何をしている時でもあぶら焼きのことを考えるようになっていた。

何よりも、まずは煙をどうするか。客部屋に鉄鍋を持ち込んで料理するなら、煙をどう少なくするかが大事だ。

それと、料理人ならではの技量をどこに活《い》かすか。野菜を飾り切りにすることも考えたが、そんな小手先のことではいけない、と思い直す。

あれこれと考え、少しの暇を見つけると試してみた。

だが裏山の木々が秋の彩りを見せる頃、とうとう若旦那さまが紅屋の建て替えを決めた。

「ふた月ばかりかかるだろうね」

番頭さんが言った。

「その間はもちろん休業しないといけない。奉公人にはふた月暇を出すことになるが、大旦那さまのはからいで給金はその間も出すことになりました。しかし賄いは出せないし、寝るところも用意できないのが困りましたね」

「また以前のように、それぞれ知り合いの長屋に泊めてもらうしかないですね」

おしげさんが言った。

「あたしんとこは、またおやすとおまきを預かりますよ」

「うん、それでどうしても住むところが見つからないようなら、ちょっと遠いけれどわたしの里の八王子《はちおうじ》になら、ふた月住めるところは探してあげられそうだ」

「賄いのことは仕方がないでしょう。それぞれ給金の中から食い扶持《ぶち》を出してしのぐしか」

「そうだねえ。申し訳ないが、そうしてもらうよりないだろうね」

番頭さんは、心苦しい、という顔でそう言った。

ふた月も台所に立てない。料理ができない。やすはがっかりした。紅屋が建て替えられて以前のようになるのは嬉しい。けれど、ふた月は長い。

しょんぼりとしたやすの顔を見て、政さんが笑った。

「なんだいおやす、青菜に塩したみてえな様子じゃねえか」

「へえ……ふた月も、いったいどうして過ごしたらいいんでしょうか」

「どうしたらって、おまえは何がしたいんだい」

「それは、料理がしたいです。お勝手で料理がしたいです」

「ならしたらいいじゃねえか」

「え、だって……お勝手も壊されちまうんじゃ」

「世の中には紅屋の他にも、台所はたくさんあるだろうさ。ふた月、どうだい、武者修行に出てみねえか」

「武者修行？」

「知り合いの煮売屋に頼んでやるから、そこで働いてみな。煮売屋の料理は旅籠の料理とはまた違う。いい勉強になるんじゃねえかな」

やすの顔が輝いた。

「へい、やりたいです。やらせてください！」

やすは勢いよくそう答えた。

四　煮売屋の仕事

神無月《かんなづき》も半ばを過ぎた頃《ころ》、やすは江戸深川《ふかがわ》に向かって歩いていた。政《まさ》さんの親戚《しんせき》である団子屋のおくまさんから紹介された煮売屋で、年内いっぱい働くことになった。年が明けたら紅屋《くれないや》の普請も終わり、新しい台所での仕事が始まる。それまでのふた月半、煮売屋の手伝いをすることになったのだ。

本所深川《ほんじょふかがわ》は賑《にぎ》やかなところだった。木場《きば》があり、岡場所《おかばしょ》があり、寺が並び、松平《まつだいら》様をはじめとしてお武家様のお屋敷も並んでいる。その間にはびっしりと町家や長屋が詰まっていて、大勢の人が暮らしている。町中を小名木川《おなぎがわ》や菊川《きくかわ》、そして木舟の行き来する運河が巡り、近くに大川《おおかわ》と江戸の海が控えている、水の町でもあった。朝から休憩なしで歩いて来て、大川を渡った頃にはさすがに疲れて思わず道端の石に腰掛けた。小名木川の川面《かわも》に魚が泳いでいるのが見える。太った鮒《ふな》の顔が見えた。お江戸の川の魚は勝手に釣ってはいけないのだと聞いたことがある。

品川《しながわ》の大通りとどちらが賑やかかと問われたら、同じくらい、と答えるだろうが、お江戸の人の多さは品川とはまた違った感じがする。お小夜《さよ》さまに料理を教えに日本《にほん》橋《ばし》へと向かう時は、十草屋《とくさや》が手配したお駕籠《かご》が迎えに来てくれるが、屋根やら簾《すだれ》の付いた立派なお駕籠はどうにも分不相応な気がして、簾を上げてお江戸見物をする気にはなれない。歩いてみれば、とっくりとお江戸を眺めることができる。

ところどころに空き地があるのは、品川と同じ事情なのだろうか。あの高潮で家々が流された？

見回せば、傾いたままの家、瓦《かわら》が全《すべ》て落ちてしまった家なども視界に入って来る。お江戸に来た、というだけで浮き立つような気分がしていたものが、急に萎《しぼ》んだ。きっと浜の方まで行けば、颶風《ぐふう》の被害はもっと大きな爪痕《つめあと》を残しているに違いない。花のお江戸と言えども、天の災いから逃れることはできないのだ。

けれど真新しい長屋もいくつもある。さすがにお江戸は、材木も品川よりはたくさんあるらしい。

やすが働く煮売屋は、振り売りをする店だった。煮売屋は店に来るお客に惣菜《そうざい》を売り、ついでに店先で酒も飲ませたりする煮売酒屋、茶屋を兼ねた煮売茶屋などいろいろあるが、作った惣菜を桶《おけ》に入れて売りあるく振り売りは、煮売屋の元々の形らしい。

売り歩くのは売り子の役目、やすはもっぱら料理をと聞いている。

竹筒に入れた水を飲み、おまきさんがわけてくれた、蜜《みつ》に漬けた甘い梅干しを一つ口に入れると元気が戻って来た。やすは腰をあげ、おくまさんが書いてくれた簡単な紹介状を手に、『さいや　いと』と書かれた看板を探した。さいや、というのは煮売屋のこと。いと、は、店主の名前だろう。

あまりにたくさん家があるので迷うこと半刻《はんとき》、ようやく探し当てた『さいや　いと』の看板は、字が薄れてほとんど読めなくなっていたが、店から漂う煮しめの匂《にお》いでそれとわかった。

「ごめんください」

声をかけながら店の中に入ると、屈強な若者とぶつかった。

「おっと、ごめんよ」

若者は大きな声でそう言うと、店先に置いてあった天秤棒《てんびんぼう》を担ぐ。棒の先に吊《つ》るした桶の中には、竹の皮で包んだものがぎっしりと入っている。振り売りというのは桶に煮物を直接入れて売り歩くのかと思っていたが、この店では最初から包んだものを売るらしい。確かにその方が手間がかからないし、色々な料理を売ることができる。

「あの、ここでお世話になるお約束の、品川のやすでございます」

「中にへえって、おかみさんに言ってくんな！」

若者は天秤棒を担いで行ってしまった。あれが江戸っ子というものだろうか。なんとも威勢が良くて忙《せわ》しない。

やすは店の奥へと向かった。店、と言っても土間に天秤棒やら蓑《みの》やらが置いてあるだけで、あとは腰掛けて休む為《ため》なのか、空き樽《だる》が並べてあるばかり。竹の皮や、包んだものを縛る藁《わら》なども置いてあった。料理ができたらここで竹の皮にくるみ、売りに出る支度をするのだろう。

「あの、ごめんください」

奥に向かって何度か声をかけると、やっと、へーい、と返事が聞こえた。中から出て来たのは、おくまさんと同じくらいの歳《とし》に見える女性だった。

「へいへい、あら、煮物ですか、煮魚ですか。うちは振り売りなんで店では売ってないんですけどね、まあいいですよ、少しならお売りできます。煮魚は鰯《いわし》、煮物は里芋の煮っころがしと、厚揚げなんかありますよ」

「あ、いえ、あの、品川のやすと申します。あの、おくまさんから」

やすは紹介状を女性に手渡したが、女性は開こうともせずに言った。

「ああ、おくまさんからの、ね。おくまさんとは長いつきあい、あの人の紹介なら間違いはないわ。あんたがおやすさんね。思ってたより若いけど、料理の腕はたつんだって？」

「品川の紅屋という旅籠《はたご》で、お勝手女中をしております」

「包丁は握れるの」

「へえ。柳刃はまだ習っている最中ですが、菜切りと出刃でしたら」

「うちは刺身はやらないから、菜切りと出刃が使えりゃ充分。ならまあ、早速で悪いんだけど手伝ってもらえる？　さっき出てった子が戻って来るまでに、もう何品か作っとかないと」

「へえ」

やすは抱えていた荷物を適当に置き、たすきを取り出して袖《そで》を縛った。前掛けも持参している。

奥へと入るとそこは台所だった。さすがに煮売りの商いに使う台所で、紅屋ほどではないけれどそこそこ広い。大鍋《おおなべ》が二つ、湯気をたてていた。

「今日はもう、仕入れた鰯がなくなっちゃったんで煮魚はおしまい。そこに少し残ってるのはあたしらの夕餉《ゆうげ》にしましょ。これからがんもと蒟蒻《こんにゃく》を煮付けて、玉子焼きを焼いて、煮豆はそろそろ煮上がるから、おやす、あんた玉子焼きできる？」

「へえ」

「だったら任せるからね。あんまり甘くしたら砂糖がもったいないけど、甘さが足りないと砂糖をけちりやがってと文句が出るよ。甘くてうまいな、と思うぎりぎり、砂糖を節約してちょうだい」

「へい、わかりました」

やすは卵を丼《どんぶり》に割ってからざを慎重に取り、菜箸《さいばし》で手早く混ぜた。そこに砂糖を入れる。甘さをしっかり感じさせるには卵二個に砂糖を木杓子《きじゃくし》軽く半分ほども入れないとならないが、紅屋ではもっと少ない砂糖で焼いている。減らした砂糖の代わりに醬《しょう》油《ゆ》をひとたらし、煮物の為にとった出汁《だし》を少し入れるのが政さん流だ。醬油の塩味とこくで甘みがひきたつので、砂糖を減らしても美味《おい》しく感じる。だが入れすぎると色が悪くなり、味も甘じょっぱい奇妙なものになってしまう。

さて、とやすは考えた。煮売りの玉子焼きはどんな味にするのが良いのだろう。今から売りに行くとすれば夕餉のおかずだが、人によっては夕餉は茶漬けだけで済ませてしまうこともある。玉子焼きは朝、炊きたてのご飯と共に食べたいと思う人もいるだろう。一晩おくことも考えると、しっかりと焼いた少し硬めの玉子焼きの方がいいかもしれない。味も濃い目の方がいいだろう。

砂糖を混ぜて溶かし、醬油を紅屋で入れるよりほんの心もち多く入れた。煮物に使う出汁は鍋に入っていたので、木杓子で少しすくう。こし網を使って卵液を丁寧にこす。これをやっておかないと焼きむらが出るし、舌触りも悪い。

卵液の支度ができたら玉子焼き鍋を熱くする。熱々にしてから胡麻《ごま》の油を少し鍋に垂らして、余分な油は紙で吸い取る。卵液は大雑把《おおざっぱ》に三回で流し込むので、目分量で一回分を一気に鍋に流す。向こう側から手前へとおりたたみ、一折ごとに卵液を落ち着かせるように火を通し、巻き終えたら二回目、そして三回目と卵液を流す。紅屋で膳《ぜん》に載せるなら余熱で固まることも考えて少し早めに焼き終えるが、煮売りで持ち歩くならしっかりと崩れない方がいいので、少し長めに火を入れた。その分、焦げ色がついてしまったらと心配だったが、綺麗《きれい》な黄色に仕上がってホッとした。

焼きあがったらさらしで包んでしばらく置く。

「へえぇ。うまいもんだね。さすがはおくまさんの紹介だけある。あの人も団子屋なんかやってるけど、何を作らせても上手なんだよ。ちょっと端っこ、食べさせておくれ」

やすはさらしをはずして玉子焼きの端を少し切り、小皿にのせて手渡した。

「うん、いい味だね。うん、甘さもいい。ちゃんと甘い。でもなんていうか、食べ応《ごた》えがある味だ」

「お醤油とお出汁が少しだけ入ってます」

「醤油を入れたのに焦げてないね」

「鍋がよく使い込まれていたので焦げませんでした」

やすはまた玉子焼きをさらしでくるんだ。

「あといくつ、焼きましょう」

「そうだねえ、じゃ、あと四つ焼いてちょうだい。あ、あたしのことは、おいとでいいよ」

「へえ」

「仕事が終わったらあんたの部屋に案内するから。まあ部屋ったって、二階の布団部屋なんだけどね、片付けといたから寝るのに不自由はないよ」

やすは次々と玉子焼きを仕上げた。最初に焼いたものの粗熱がとれると、おいとさんに言われた通り、少し厚めに切りそろえる。

「端っこはあとで食べるからとっといて」

この店では、賄いを別に作る必要はなさそうだ。

玉子焼きを焼き終えてひと息つく間もなく、切って水にさらしてあった牛蒡《ごぼう》が笊《ざる》に山盛り、やすの前に置かれた。

「きんぴらだよ。味付けは、醤油、砂糖、酒、油は胡麻を使っとくれ」

「へい。唐辛子《とうがらし》はどうしましょう」

「うちのお得意さんは子持ちのとこも多いから入れなくていいよ」

「へい」

牛蒡は驚くほど太く切られていた。紅屋では朝餉《あさげ》の膳にきんぴらごぼうを出すことが多いが、牛蒡は笹がきにしている。目の前にある牛蒡は拍子切りになっていて、太さがやすの小指の半分ほどもある。これは歯ごたえがありそうだ。十草屋の清兵衛《せいべえ》さまなら、まず箸をおつけにならないだろう。

これだけ牛蒡が太いと味はしっかり濃くつけねば美味しく感じない。煮売屋の惣菜は、どれだけご飯をたくさん食べられるかが大切だと政さんから聞いていた。江戸の人たちは特に白い飯が好物で、とにかく白い飯をたらふく食べることで満足する。惣菜は白い飯に合った味で、どんどん白い飯が食べたくなるような濃い味であることが肝心。

使いこまれた焙烙《ほうろく》に胡麻油を垂らし、油が熱してきたら牛蒡を入れ、炒《いた》めながら砂糖、酒、醤油を入れる。水気を飛ばすようにいりつけて、最後にまた胡麻油を少し。牛蒡の量が多いので、何回も同じ手順を繰り返した。

さすがに動かし続けた手首がだるくなって来た頃に、さっきの若者が帰って来た。

「ご苦労さん。お茶をおあがり」

おいとさんがお茶ときんつばを盆に載せて渡すと、若者は樽に腰掛けて汗を拭《ふ》き拭き、きんつばにかぶりついた。

その間においとさんが、天秤棒の桶を覗《のぞ》きこみ、帳面に何か書き付ける。

「綺麗に売れたね。何が人気だった？」

「そうだな、芋と蒟蒻はよく売れた。煮魚はこっちが口八丁ですすめれば買うってとこだ。玉子焼きはいつもの通り、行く先々で真っ先に売れちまうから、おいとさんに言われた通り、小出しにしたよ」

「末吉《すえきち》も売り子が板について来たじゃないか。あんた、河岸《かし》で仕事なんか探すより、このままここで働いてくれりゃいいのに」

「煮売屋の売り子じゃ、所帯は持てねえよ」

末吉と呼ばれた若者は首を横に振った。

「おいら、来年にはおはると所帯が持ちてえんだ」

おいとさんは、銭袋からいくらか取り出すと末吉さんに渡した。

「ま、煮売屋の売り子じゃ所帯は持てないって言われたらその通りだからねえ、仕方ない。はいよ、これ、あんたの取り分。今日はあと一回、暮れ六つの前に出ておくれ」

「はいよ」

末吉さんは外に出て行った。

「あの子は可哀想《かわいそう》な子なんだよ」

おいとさんが、粗熱のとれた煮物を竹の皮に包みながら言った。

「もともとは木場の材木問屋の五男坊でね、まあ冷や飯食いの身分だったんだけど、それでも実家はそこそこの大店《おおだな》、材木問屋ってのはどこもお大尽《だいじん》だからね、そのうちどこか、それ相応の家に養子にいって、まあ不自由のない暮らしをおくるはずだった。それがあの子がまだ十かそこらの時に大火事があって、実家が丸焼けになっちまった。家が燃えただけなら良かったんだけど、商売もんの材木もかなり燃えちまったらしい。それで商売が傾いて、そんな矢先に父親が胸の病で寝付いて、あの子の兄さん、長男が家業継いだんだけど、あんまり商才がなかったんだろうね。一度傾いちまった商売ってのは、立て直すのが容易じゃない。どんどん商売が先細って、次男、三男と養子に出て、あの子とあの子のすぐ上の兄さんは他の材木問屋に奉公に出た。それがまたしても火事にやられたのさ。江戸の火事ってのはもうどうにもしょうがない、いったん火がついちまったら火消しが長屋や商家をとにかく打ち壊して火事が広がらないようにするんだけど、火事が収まったって壊されちまった家は誰《だれ》も直しちゃくれない。結局、あの子の実家は商売をたたむことになったんだよ。それでもいくらかまだ貯《たくわ》えはあったらしくて、長男一家はどこかに引っ越して行ったけどね、奉公に出されたあの子とあの子の兄さんは、まあ捨てられちまったようなもんだよね。しかもあの子の兄さんは、風邪《かぜ》をこじらせて十五で死んだ。あの子は奉公先で頑張って働いてたんだけど、昨年の大地震でさ、奉公先の家が潰《つぶ》れて、なんと主人《あるじ》が亡くなったんだよ、潰れた家の下敷きになって。まったくあの子はどこまでもついてないよ。その主人には跡継ぎがいなくてね、仕方なく、まだ十六の娘さんが、四十を超えた番頭を婿《むこ》にとった。で、その番頭ってのが底意地の悪い男だったらしくて。ほら、末さんはあれでちょっといい男だろ。それで年も十八と来たら、若い奥方の周りをうろつかれるのが目障りだったんだろうねえ、どうでもいいようなことで難癖つけられて、放《ほう》り出されちまったんだよ。実家があれば、いくら奉公先だからってそう理不尽なことはできなかったんだろうけど、末さんはもう頼れる人のいない天涯孤独みたいなもの。どんな目に遭《あ》わされたって逆らいようがないのさ。それで去年の暮れから、椀倉《わんぐら》河岸で荷下ろしの仕事に就いてたんだけどね、今度は先々月の高潮さ。あんた、品川から歩いて来たなら見ただろ、あちこちに空き地。こっちの方も随分水に浸《つ》かって、壊れちまったり流されちまった長屋や倉がいっぱいあるんだよ。潮が押し寄せて川も逆流したからね、河岸もほとんど壊されて、舟も打ち上げられて木屑《きくず》になっちまった。それで荷下ろしの人足はいったんみんな放り出された。まあそのうちにはまた河岸も直って舟も行き来するようになるだろうから、仕事もあるだろうけどね、いつになるかわからないし、遊んでても仕方ないってんで、ここで売り子やってもらってるんだよ。売れた分からわずかだけど払ってやって、それであの子も新しい長屋に入ることができたんだよ」

やすは、言葉もなく手を動かしていた。十八歳にして頼れる人がなく、働いても働いても自分のせいではないことで潰される人生。

何度も何度も、自分は運が良かったのだ、と思いながら育って来た。あの日、すずめ屋《や》の台所で大旦那《おおだんな》さまに拾われなかったら、岡場所に売られていずれはお女郎になっていただろう。今頃は毎晩お客をとり、もしかすると瘡毒《そうどく》にかかっていたかもしれない。

でも頭ではわかっていても、どこか他人事《ひとごと》のように思えることも確かだった。紅屋での毎日があまりにも幸せで、幸せでない人生、というものが実感できなかった。

末吉さんは十八。やすと二つしか違わない。けれど末吉さんには誰も頼る人がなく、仕事を失えば寝る家もなくなる。

「ま、江戸じゃ珍しいことじゃないけどね。火事にしろ地震にしろ、これだけ人が集まって暮らしてたら、何かあった時には大勢死ぬことになるのさ。だからあたしらは、自分にできる分だけ他人を助けるんだよ。明日は自分が助けてもらうことになるかもしれないからね。ああそれにしても、あんたは手際がいいねえ。たいしたもんだ。良かったよ、いい人に来てもらえて。年が明けたら上州《じょうしゅう》の方から女の子が一人来てくれることになってるんだけど、年内はどこも人手不足でさ、口入屋《くちいれや》に頼んでも包丁の使える人なんざとても見つからない。この店を始めた当時はなんでもかんでもあたし一人でやってて、煮物をこしらえちゃ桶に入れて自分で売り歩いてたんだけど、今はお得意様が増えて、作る量も多くなったからねえ、手伝いがいないと回りゃしない。末さんがもっと実入りのいい仕事を見つけちまったら、また売り子を探さないとならないよ。料理人と違って、振り売りだけなら仕事にあぶれた男衆でも務まるけどね、やっぱり人が信用できないとねぇ。売り上げ持って逃げられちまったら胸糞《むなくそ》悪いからね」

喋《しゃべ》りながらおいとさんは、煮物や玉子焼きを三人前ずつ包んでいく。

「なんで三人前なんだと思うかい？」

おいとさんはくすくす笑った。

「このお江戸にはね、一人もんの男が山ほど住んでるんだよ。煮売りの惣菜を買うのは、子供がいて忙しい女と、一人もんの男が多いのさ。夫婦二人で暮らしてる人たちは、煮売りの惣菜を買うなんて贅沢《ぜいたく》なことはあまりしない。子供が何人もいる女はのんびりと惣菜を作ってる暇がないからね、時々は煮売りで済ませることもある。子供が一人いても二人いても、三人前あれば一家で分けて食べられるだろ。それで一人暮らしの男には、一人前だと足りない。二人前だと一度に食べちまう。三人前なら、夕餉と朝餉に食べるとかして二回食べられる。三人前ってのは意外に扱いやすい分量なんだよ。売る方にしても、まとめて三人前売れてくれれば、いちいち計って売るより楽でいいさね」

「竹の皮をこれだけ用意するのは大変じゃありませんか」

「竹の皮十枚、洗って返してくれたら煮豆をさしあげます、ってことにしてるのさ。それ用に、短く切った竹筒に入れてちょいと洒落《しゃれ》させた煮豆をね。でも実は、その竹筒には一人前も入らない。ほんの味見程度なんだよ。それでもお得意さんはみんな、竹の皮を綺麗に洗って干しといてくれるからね。ああでも、戻って来た竹の皮には熱い湯を注いで日に干してから使うんだよ。そうしないと夏場なんか、持ち歩いてる間にかびが生えたりするからね」

　末吉さんが戻って来ると、包まれた惣菜が桶にぎっしり詰め込まれた。

「そろそろ暮れ六つだね。じゃ、頼んだよ」

「はいよ」

　末吉さんは元気よく駆け出して行った。

「やれやれ、と。あとはここを片付けて、あの子が戻ったら夕餉にしよう。あ、その前に、あんたの部屋を見ておくかい？」

　やすはおいとさんについて急な階段を二階へ上がった。

「もともとこの家は、帯留めを扱う小間物屋だったんだ。この二階には奉公人が寝てた。今はあたしが使ってるけど。その襖《ふすま》を開けたら布団部屋があるから、あんたは悪いけどそこを使っておくれ。布団部屋ったって、うちには奉公人なんかいやしないからね、今は物置部屋さ。中のがらくたは出して掃除はしてあるから。畳も一枚敷いといたからね」

　襖を開けると板敷きの小部屋があった。元が布団部屋なので窓も何もない。古い畳が一枚敷いてあり、その上に畳んだ布団が載っていた。やすは思わず布団を撫《な》でた。

掛け布団がある！　なんて贅沢なんだろう。

狭くて暗い部屋でも、そこはやす一人の為の部屋だった。階段上の小部屋に勘平《かんべい》と並んで寝ていたことを思うと、生まれて初めて他人から覗き見されることのない部屋の主《あるじ》となったことが、心に染みた。

嬉《うれ》しかった。そして、寂しかった。

紅屋を離れて、今日から年が明けるまで、やすは一人の料理人として働くのだ。ここでは政さんに助けて貰《もら》えない。守って貰えない。

その代わりに、やすは生まれて初めて、自分だけの部屋を与えられた。この小さな布団部屋が、これから年が明けるまで、やすの城。

着替えの着物と宝物の箱、ほとんど使わずに貯《た》めている給金が少し。それだけが包まれた風呂敷《ふろしき》を畳んだ布団の上に置き、やすは板の間に座り込んで、ほんの一時、一人でいる自分を楽しんだ。

階下に戻って台所の片付けを手伝い、残り物の煮物と鰯、玉子焼きを皿に盛る。

「お味噌汁《みそしる》作ってちょうだい」

おいとさんに言われた。

「実は何にしましょう」

「なんでもいいよ。そのへんに余ってるもの使って」

そのへんに余っているもの。煮付けに使って残った鰯があった。あまりにも小さくて売り物にならなかった鰯。指で開いて骨と頭、臓物を取り、洗って包丁でたたいた。玉子焼きを作った時の卵の殻は、あとで砕いて畑に撒《ま》く。その殻に少し残っている白身を小皿に集める。たたいた鰯の身に塩と白身を混ぜてねる。つみれが出来た。ざっと湯通ししてから、味噌汁の具に。根に近いところを捨ててあったねぎを、ぎりぎり食べられるところだけ細切りにする。

末吉さんが帰って来た。つみれの味噌汁に白髪《しらが》ねぎを盛り、煮物と玉子焼き。ご飯は冷や飯だが驚くほどたくさんあった。

末吉さんはろくに話もしないで、とにかく食べた。江戸の人は白い飯をたくさん食べると聞いてはいたが、末吉さんの食べっぷりには感心した。いつも夕餉は台所で政さんやおまきさんと食べているが、仕事の合間なのであまりゆっくり座っていられない。でもここでは、仕事もほぼ終わり、気持ちがのんびりしていた。

「うまいな」

末吉さんがぼそっと言う。

「え、何がうまいって？」

おいとさんがわざと聞き直す。

「ちょっと末吉、ちゃんと大きな声で言っておくれよ。いつもよりうまいからうまいって言ったんだろ、何がうまいんだい」

「……汁」

末吉さんはこちらを見ずに言った。

「汁がうまい」

おいとさんは笑い出した。

「よかったね、おやす。末吉と来たら、何を味見させても頷《うなず》くだけで、うまいなんて一度も言ったことがないんだからね。まったく、いくら男は口が少ない方がいいって言ったって、あんたみたいに黙ってばかりいるんじゃ、おはるちゃんだって一緒にいて退屈しちまうよ」

「おいらだって、振り売りの時はちゃんと喋ってるよ」

末吉はむくれたように言った。

「愛想よくして、ちゃんと喋らねえと売れるもんも売れねえっておいとさんが言うから」

「当たり前だろ。たかが煮売りと言えども商いは商いさ、お客に愛想よくして、売り物の説明だってちゃんとしなくっちゃ誰も買わないよ。でもね、おやす、これでもこの子、喋るようになったんだよ。子供の頃は明るくてよく笑う子だったんだけどねえ……ま、いろいろあったんだからしょうがない、でもおはるちゃんがいてくれて本当に良かったよ。おはるちゃんってのはこの先の、菊川べりにある仁兵衛《にへえ》長屋の大家の娘さんで、親の仕事を手伝って長屋の人たちの面倒をみたり、お救い小屋で困ってる人たちの為に働いたりして、そりゃあいい子なんだよ」

許嫁《いいなずけ》を褒《ほ》められて、末吉さんの頬《ほお》のあたりがうっすらと赤くなるのがわかった。嬉しさを押し殺すように、わざと困ったような顔をしているのがなんとも可愛《かわい》らしい。二つ年上の男衆なのに、まるで弟のように感じる。

「だけどまだおはるちゃんは十五、仁兵衛さんはまだまだ娘を手放す気はないだろうね」

「そんなこたわかってる。ちゃんと稼げる仕事を見つけて、嫁入り道具を揃《そろ》えて祝言があげられるくらいの貯《たくわ》えができるまで、待ってくれるって言ってるよ」

「いい仕事があればいいけどねえ。材木問屋に長いこと奉公してたんだから、木場あたりで探したら慣れた仕事でまた奉公できる先が見つかるかもしれないよ」

「奉公は無理だ。おいらの身元を間違いねえと認めてくれる請人《うけにん》がいる。それに奉公することになったら、祝言をあげるのも主人のゆるしがいるようになる。おはると祝言があげられねえなんてことになるのは嫌だ」

「だけど日雇いの人足じゃ、おはるちゃんのお父《と》っつぁんが許してくれないよ。金を稼ぐことよりも、所帯を持ってからおはるちゃんが安心して暮らせることの方が大事じゃないかい」

おいとさんの言うことは正しい。だが、奉公にしろ商いにしろ、人につかわれる仕事では充分な貯えを数年でつくることは難しいだろう。紅屋にしても、一番給金が高いのは番頭さんだろうが、その番頭さんも若い頃は暮らしが大変だったと聞いたことがある。政さんは番頭さんと同じくらいのお給金をもらっているし一人身だから生活は楽だろうが、他の男衆は独り身か、おかみさんも働いている人ばかりだ。奉公人は住み込みもできるし賄いもつく、祝い事があれば奉公先から祝い金も出るが、その分給金は安いのが当たり前だった。

「今は時期が悪いよ」

末吉さんは、やすがいれたほうじ茶を飲みながらため息混じりに言った。

「昨年の大地震に続いて今年はまた高潮と大火事、来年は何があるか、どうなるかとみんなびくびくしてる。こんな時に商いを広げようってお店は少ないし、雇い人だって減らしこそすれ増やそうとは思わねえ。今は我慢して、とにかく金の稼げる仕事をするしかねえんだ」

末吉さんはほうじ茶を飲み干すと、また明日、と言って長屋へと帰って行った。

「あんた、湯屋《ゆや》に行って来るかい？　近くにあるよ。まだやってるよ」

湯屋は日の入りまでと昔は決まっていたようだが、品川では湯が冷めるまでは開いていた。本所深川でも同じなのだろう。

「へえ、けど今夜はよしときます」

「そうかい。盥《たらい》を使うなら裏にあるからね」

やすは湯屋があまり好きではなかった。二階に上がった旦那衆が、囲碁などしながら洗い場を覗いているのを知っていたので、落ち着いて体を擦《こす》れないし、湯舟は熱くて湯も濁っていて、身体《からだ》は温まるけれどさっぱりはしない。しかも品川の湯屋には、お上が禁止しているはずの湯女《ゆな》がいた。彼女たちも生きていかなくてはならないので、仕方のないことなのだが、脱衣場で客に色目をつかっている時に女がそばにいるととても嫌な顔をするので戸惑ってしまう。真冬でどうしても足が冷える夜には我慢して湯屋に行ったけれど、それ以外はほとんど盥で行水して済ませている。店の裏は狭い庭になっていた。紅屋のように松原まで見渡せるようなところではなく、庭の向こうには隣の家が見えている。庭の一角が竹垣で囲ってあり、盥が立てかけられていたので、おいとさんもそこで行水しているのだろうと見当がついた。裏庭には井戸もあった。水を汲《く》む手間はここの方が少しだけ、紅屋よりもかからない。もう夜になるとかなり冷える。井戸水は、冬はほんのりと温かい気がするものだが、それでもざぶんとかぶる気にはなれない。手ぬぐいを水に浸してきつく絞り、それで体を拭くだけにしておいた。

お勝手口から家に入り、二階に上がると、灯芯《とうしん》の灯《あか》りの中で、鏡台の前に座って髪を梳《す》いているおいとさんが見えた。

「あんたも油が必要なら、少し持って行きなさいよ。ここに灯明皿《とうみょうざら》があるからね」

「へ、へい」

油まで使わせて貰えるんだ。やすは嬉しくてたまらなかった。紅屋でも他の女中たちは行灯《あんどん》など使っていたが、一番年若いやすと小僧の勘平にはそんな贅沢はゆるされず、階段の下に一晩中灯《とも》されている行灯の光がわずかに届く薄闇《うすやみ》の中、懸命に目をこらして文《ふみ》などを読んでいた。

やすはおいとさんが指差した壁の飾り棚から灯明皿を取り、その下に置いてあった徳利《とつくり》から油を注いだ。おいとさんの部屋を照らしている灯芯から火をもらう。油に浸った芯の先が明るくなった。おやすみなさい、と挨拶《あいさつ》をして布団部屋に入る。窓のない部屋でも、灯りがあれば困ることはない。畳の上に布団を敷き、灯りを頭の上の方に置いた。枕《まくら》に首を預け、掛け布団をそっと体の上まで引っ張りあげる。掛け布団。こんな贅沢なもの、わたしが使って本当にいいのかな。

布団はふかふかとして、お日さまの匂いがした。わたしの為に、おいとさんが日に干しておいてくれたのだ。

ちゃきちゃきと少し荒っぽい喋り方だけれど、おいとさんは本当に優しい人だ。

宝箱の中から、おあつさまにいただいた文を出してみた。素晴らしい達筆で、言葉も少し難しくて、まだ読みこなすことができないけれど、少しずつ読めるところが増えている。読めば読むほど、おあつさまのお優しい心がやすの胸に染みて来る。おあつさまからの文をいただいてからもう半年、おあつさまもお嫁入りされて、今はどこかの立派な武家屋敷の中で、奥方様として暮らしておられるだろう。

油がもったいなくて、文をしまうと灯りを吹き消した。でもこれからは毎晩、眠る前に何かを読むことができるのだ。一冊だけ、料理の本を政さんから借りて持って来ていた。料理の本ならば大抵の文字は知っている。明日からは、少しずつ読んでみよう。

やすは目を閉じてもしばらく寝付くことができなかった。自分一人の部屋にいる。たったふた月と少しだけれど、この部屋もこの布団も、わたし一人で使っていいんだ。掛け布団も灯りをともす油も、わたし一人のぶんがちゃんとある。そう考えると嬉しくて嬉しくて、眠るのがもったいないような気さえして来た。しかも、ここはお江戸だ。わたしは今、お江戸にいる。

明日が楽しみだった。この煮売屋で始まる、新しい日々のことが楽しみ過ぎて、やすはどんどん目が冴《さ》えそうになるのに困ってしまった。

それでも、品川から歩いて来て働いて、末吉さんやおいとさんと知り合って、やすは自分が思っていたよりも疲れていた。やがて瞼《まぶた》が重くなり、知らずに眠りに落ちていた。

❖

裏庭で飼っている鶏がときを告げるより早く、やすは目覚めた。窓のない部屋は真っ暗で、外の様子がわからない。もしかするとまだ真夜中なのかも。

それでもやすは、しっかりと眠って頭がすっきりしていたので、朝が近いに違いない、と寝床から起き出た。

身支度をして布団を畳むくらいは暗闇の中でも手探りでできた。おいとさんを起こさないようにそっと布団部屋を出て忍び足でおいとさんの部屋を横切り、音を立てないように一歩ずつ階段を降りた。台所に降りてみると、戸板の隙間《すきま》から薄明かりが漏れていたので、夜明けが近いとわかった。

戸を開けて裏庭に出る。

大きく息を吸ってみたけれど、紅屋の裏庭のように潮風が胸を満たしてくれることはなかった。代わりに、少し生臭いような泥臭いような水の匂いがした。近くを流れる小名木川の匂いだろうか。それともこれが、お江戸の匂い？

お江戸もこのあたりは海に近いはずなのに、潮の香りがしない。

こんなに朝早く、どこかで荷車をひく音がした。花街でもある品川の朝は遅く、漁師以外に夜明け前から起きて働いている人はいない。けれどこのあたりでは、朝早くから仕事をする人たちもいるのだろう。

ゆっくりと空が明るくなり、東のほうは朝焼け前の紫色が濃くなって来た。

やがて、鳥小屋の鶏が、よく通る声で鳴いた。

やすは水を汲もうと水桶を探した。

と、何かが視界を横切った気がして振り返った。裏庭には木塀がめぐらされている。その向こうに隣の家の二階が見えていた。こちらの家と比べると大きくて羽振りの良さそうな家だった。瓦《かわら》も立派で、昨年の地震で落ちたところを新しくしたのか、東からさして来た朝日に照らされてぴかぴかに輝いている。

その瓦の上を、確かに何かが動いた。鼬《いたち》かしら。狸《たぬき》かしら。

いや、あれは……

きゃあっ！

やすは思わず出てしまった声を、必死に手で口を覆って抑えた。けれど遅かった。

屋根の上にいた者が、やすの声を聞きつけてこちらを向いた。

屋根の上に、いた者。

あれは、あれは……と、盗賊！

五　屋根を歩く人

やすは腰を抜かしてしまった。その場にへたりこみ、必死で顔を隠した。盗賊に顔を見られては、殺されてしまう！

しばらく顔を隠してうずくまってから、やすは裏庭から家の中に戻ろうとしたが、立ち上がることができずに膝《ひざ》と両手をつき、這《は》って戻った。戸を閉め、心張り棒《しんばりぼう》を支《か》ってようやく息を吐き、戸に摑《つか》まって立ち上がる。膝も着物の裾《すそ》も土で汚れていた。こんな汚い姿では料理ができない。

やすはおいとさんを起こさないように静かに二階へ戻ると、汚れていない着物に着替えた。もともと着物をたくさん持っているわけではないし、煮売屋での手伝いはほんのふた月ほどの間だけだったので、着替えなど一枚しか持っていない。汚れた着物はとりあえず丸めた。今、裏庭に出て井戸を使う気にはなれなかった。どうしよう。水を汲《く》まなくては料理の支度ができないし。

さっきのあれは、どう考えても盗賊だ。そうでなければ屋根の上を歩いているはずがない。だが盗賊なら、いくらやすに顔を見られたからと言って、いつまでも屋根の上にいたりはしないだろう。もうすっかり夜が明けて外は明るいはず。

やすは自分を落ち着かせようと何度か深く息を吸って吐いた。それからまた階下へと向かった。

心張り棒を外す勇気がなかなか湧《わ》いて来なかったが、いつまでも勝手口を閉じておくわけにはいかない。思い切って戸を開けると、裏庭はすっかり朝の光に包まれていた。板塀の向こうに見える屋根にはどうしても目をやることができず、下を向いたまま水を汲んだ。

大釜《おおがま》で米を炊いていると、おいとさんが起きて来た。

「おや、早いねえ、おやす。うちは旅籠《はたご》じゃないからね、そんなに早起きしなくてもいいんだよ」

「へえ、いつものことなんで目が覚めてしまいました」

「そうかい。おくまさんから、あんたは働き者だって聞いてたけど、ほんとだね。あ、商売用の出汁《だし》はあたしがやるから、あんたは朝餉《あさげ》の支度をしておくれ。棚にめざしがあるからそれ焼いて、外に沢庵の樽《たる》もあるからね。末吉《すえきち》も朝餉をここで食べるから、三人前だよ」

「へえ」

「味噌汁《みそしる》は笊《ざる》に昨日の残りもんの野菜があるよ。軽く干しといたから」

「へえ、承知しました」

と、おいとさんがやすに近づいて来て、やすの顔を覗《のぞ》き込んだ。

「ちょいと、おやす、あんたどうしたんだい」

「へ？」

「なんだか目の下にくまができてるよ。ゆうべ、寝られなかったのかい」

「い、いいえ、しっかり休みました」

「ほんとかい？　だったらどうしたんだろうね、何か心配なことでもあるのかい」

「だ、大丈夫です」

「ならいいけど、具合が悪いんだったら遠慮なく言っておくれよ。黒船以来世の中が落ち着かないところにさ、地震だ颶風《ぐふう》だと災難が続いて、このお江戸でも気の病が流行《は や》ってるんだよ。気の病ってのは甘くみてるとそのうちに体も蝕《むしば》む、食も細って、しまいには心の臓が止まっちまうことだってある。若いからって無理してると、そのうち起き上がれなくなっちまうよ」

おいとさんは優しい人のようだ。やすは盗賊のことを黙っていては、何かあった時に申し訳がないと思った。

「あの」

「なんだい。やっぱりちょっと顔色が悪いね、あんた。今日は仕事しなくていいから、部屋で寝ておいで。一昨日《おととい》まではあんたがいなくてもなんとかやってたんだから、大丈夫だよ」

「いえ、からだは平気なんです。元気なんです。ただ……今朝、とんでもないものを見てしまって」

「とんでもないもの？」

やすは止めていた手を動かし、朝餉の支度をしながら喋《しゃべ》った。その方が無理せずに話せる気がした。

「夜明け前に目が覚めてしまって、水汲みでもしようと裏庭に出たんです。もう外はいくらか明るくなってました。何気なく裏庭から見えている屋根の上の方を見たら……ひ、人が……」

急にまた恐怖に襲われて、やすは自分の両腕をさすった。

「と、盗賊だと……思わず声が出て、目が合ってしまったんです。盗賊に顔を見られてしまいました」

やすの声が震えた。

「盗賊は、押し入った家で顔を見られると皆殺しにすると聞いています。ど、どうしましょう。あの盗賊がわたしを殺しに来たら……」

「あんた、その盗賊と目が合ったんだね？」

「そいつは頭巾《ずきん》か何かかぶっていたのかい。目だけが出ていたのかい」

「へ？……い、いいえ」

「ならお面をかぶっていたわけでもないんだね？」

「な、何もかぶっていませんでした」

おいとさんが笑い出した。やすはそんなおいとさんに驚いてきょとんとした顔のまま立っていた。

「いくら夜盗だって言ったって、あんたが見たのはもう空が白んでる頃《ころ》だったんだろ。真《ま》っ暗闇《くらやみ》じゃなかったんだろ」

「へ、へい」

「そんな明るい時に、顔を隠しもしないで屋根の上をうろついてる盗賊なんざいるもんかい。夜明け前ったって江戸前の漁師はとっくに海に出てるし、豆腐屋だってもう起きてるよ。お江戸のもんは案外早起きなのさ。盗賊だって顔を晒《さら》したくはないだろうし、仕事をするのは真っ暗闇の丑三《うしみ》つ時、面をつけたり頭巾で目のほかは全部くるんで、顔を見られないようにするもんさ。あんたと目が合ったのは、少なくとも盗賊じゃないと思うよ」

「へ、へい」

「で、でも、盗賊じゃないのになんで屋根の上を」

「あたしの考えてる通りだったとしたら、心配はいらないよ。そのうちあんたに会わせてあげるよ、屋根の上を歩いてたやつに」

「……おいとさんのお知り合いなんですか」

「まあそのうちわかるよ」

おいとさんは、くくっ、とまた笑った。

「とにかく盗賊に顔を見られたわけじゃないと思うから、もう心配するのはやめにして元気出しておくれ。まあ確かにお江戸は盗賊の多いとこだけど、このあたりで盗賊が押し入って儲《もう》けが出るような大店《おおだな》はいくつもないし、かと言って武家屋敷なんかに入っちまったら寄ってたかって斬《き》られちまう。あとはみんなここみたいな小さな店ばっかりで、押し入ったところで小銭と布団くらいしか盗《と》るもんがないからね。盗賊にとってはそんな程度の儲けに命がけってのは割りに合わないだろ。ま、貧乏ってのは案外強いもんさ。泥棒が盗むもんもありゃしないから、泥棒の心配しないで生きられる。金持ちってのは大変だね、いつ押し込みに入られるかビクビクしながら生きてないといけないなんてさ」

おいとさんは、あははは、と大声で笑った。

やすはホッとして、肩の力をようやく抜いた。

末吉さんが顔を出したので三人で朝餉を食べた。残り野菜を干したものを味噌汁の具に、めざしを焼いて、白いご飯、それに沢庵。

「この沢庵、美味《おい》しいです」

「あたしが漬けたんだよ。沢庵が美味しいとご飯が倍は美味しく感じるからね」

「へえ」

「うちの客にも好評なんだよ」

「漬物も売るんですね」

「梅干しも売るし、なんでも売るよ。この界隈《かいわい》の長屋には男の一人もんが多いんだよ。もともと江戸は女が足りないからね、いい歳《とし》しても嫁の来手がない男がいっぱいいるのさ。だから漬物だって買わないと食べられない。飯にしたって、長屋のおかみさんたちが炊いたのを分けて貰《もら》ったりしてるんだよ。そんなだから飯屋が大流行りなのさ。煮売屋もこの頃は、店を構えて中で食べさせるところが多いんだよ。それにしても本当に、こう女が少ないのも困ったもんだよ。男やもめにゃ蛆《うじ》が湧くって言うだろう、褌《ふんどし》一枚洗えないような連中ばかりなんだから。まあその分、江戸じゃどんな器量でも女でありさえすれば、誰《だれ》か嫁にもらってくれるんだけどね。おやす、あんたはどうなの」

「へえ」

「へえ、じゃないよ。あんたももうそろそろ嫁に行く年頃だろう。それにあんた、案外可愛《かわい》い顔してるんだねえ、おくまさんの口ぶりじゃ、色気はまるでなくて料理のことしか考えてないって感じだったけど。その気があるんなら言っておくれ。働き者で正直で、根の優しい若い男を探してあげるから。あんただったら誰に会わせても二つ返事で嫁にもらってくれるだろうね」

「おいとさん、遣《や》り手婆《てばば》あみてえだな」

末吉さんが笑った。

「遣り手婆あとはなんだい、婆あとは。お江戸は女不足で、蛆の湧きそうな男衆が困ってるんだよ。適当な嫁を見繕ってやるのは人助けだよ」

「だったらまずは、おいとさんが片付いたらどうなんでい。おいとさんだってまだ四十路《よそじ》の前だろ、どっかのお店の後添えにでも収まりゃ、煮売屋なんかやらねえでも楽して生きていけるんじゃねえのかい」

「あたしゃ、この店が気に入ってるんだよ」

おいとさんは、ばりばりと沢庵を嚙《か》んだ。

「爪《つめ》に火を灯《とも》すみたいな暮らしを続けて、ようやっと貯《た》めた金で始めた商売なんだ、そうやすやすと手放してたまるもんかい。それにね、あたしゃもう、誰にも嫁ぐ気なんかないよ。いっぺんやって、亭主に早死にされて懲りたんだ。たった三年、ままごとみたいな暮らしをしてさ、それで火事で焼け出されて亭主も焼け死んだんだよ。まだようやっと二十歳《はたち》になったばかりでさ。亭主の死を悲しんでる暇もなく、長屋は焼けて寝るとこはない、金も食べるもんもない。お救い小屋で飢えをしのいでたら、夜中に知らない男に手籠《てご》めにされかけて逃げ出すざまさ。もうヨタカにでもなって河原にむしろ敷いて稼ぐしかないのかと目の前が暗くなりかけてた時に、亭主の知り合いと偶然会ってね、その人に拾われてなんとか地獄に落ちるのを踏みとどまれた。住み込みで働けるお店に紹介してもらって、女中を十五年だよ、十五年。その間に、嫁ぐ話もないではなかったけどね、あたしは考えたのさ。亭主に頼って生きてたら、亭主が不意に死んじまった時に路頭に迷う。もうあんな思いは懲り懲りだ。何があっても一人で困らないように、とにかく金を貯めよう。貯めた金で自分の店を持とう。そう決めたんだ」

「自分はそう決めたのに、他の女は嫁がせようとしてるわけか」

「まずは一度嫁いで、それで亭主が長生きしてくれたら儲けもんだろ」

おいとさんはさばさばと言った。

「さあ、さっさと食べちゃっておくれよ。末さん、今日は菊川《きくかわ》から本所《ほんじょ》のあたりまで行ってみるつもりなんだろ」

朝餉を片付けて、煮物の仕上げにかかる。朝一番で魚屋が持って来たメジを煮付け、里芋を煮転がす。浅蜊《あさり》の剝《む》き身もほどよく煮えた。それらを竹皮で包み、天秤桶《てんびんおけ》にきっちりと詰めた。

末吉さんは軽々と桶を担いだ。竹筒に水を入れたものと、梅干しと黒砂糖をおいとさんが持たせた。

「行ってきやす」

「気をつけておくれよ」

末吉さんが出て行くと、おいとさんはお茶をいれた。

「次の仕事の前に、ちょっと休むのがあたしの流儀さ。人ってのは時々休まないと、いい仕事ができないからね」

「お江戸は火事が多いですね」

「そうだね、特に冬になると乾くからね。雨がちっとも降らないで、からっからさ。

けど煮炊きに火をつかわないわけにはいかないし、灯明皿《とうみょうざら》の油は溢《あふ》れやすいからねえ、気をつけてたって火は出ちまう。いったん火が出たら、ここみたいな小さな家や長屋は木と紙でできてるようなもんだから、笑っちゃうくらいよく燃えるんだよ。……あたしの亭主はね、いったんはあたしを連れてちゃんと逃げたんだよ。なのに同じ長屋のおかみさんがさ、子供がいないいって騒ぎ出して。てえへんだ、子供が逃げ遅れた、って騒ぎになって、そしたらあたしの亭主が水をかぶって飛び込んじまったのさ……威勢良く燃えてる長屋にね。ほんと、馬鹿な人だよ。それで亭主は焼け死んだ。あとになってから、いなくなった子供は近くの神社の境内《けいだい》で見つかったんだ。誰かに助けられてたんだよ。あたしの亭主は犬死さ」

「そんな……犬死だなんてことはありません。子供を助けようとしたことは尊いことです」

おいとさんは、ふっ、と笑った。

「確かにね、心根は尊いだろうさ。けどそれが何の役に立つんだい。長屋の連中も口々に、亭主のことを褒《ほ》めたけどさ、だからって二十歳にもならずに後家になっちまったあたしに、びた一文だって恵んじゃくれなかったよ。大家でさえが、とにかく里に帰りなさい、と言っただけさ。あたしの里は上州《じょうしゅう》だよ、路銀もなくてどうやって帰ったらいいんだい。それに実家には兄と兄嫁、その子供たちがいて、あたしの居場所なんかないんだよ。だから親戚筋《しんせきすじ》の亭主との縁談をまとめて、十七になる前に嫁に出された。誰かに路銀を借りられたとしても、のこのこ帰って歓迎されるわけがない。落ち着く間もなく次の縁談をまとめられて嫁に出される。あたしはね……あたしは、それなりに、亭主のことを好いていた。すぐに他の男に嫁ぐ気にはどうしてもなれなかった。だから意地でも上州には帰れないと心に決めたんだ。決めたけど、さすがに、乞食《こじき》同然で路頭に迷った時は心が折れて、河原で手っ取り早く客をとって、その金で上州へ帰ろうかとも考えた。なのにさ……いざ男を漁《あさ》ろうとすると、子供を助けようと火に飛び込んだ亭主の顔がちらちら目の前によぎるんだよ。おいと、お願いだからそんなことはしないでおくれ、と、情けない顔で亭主が言うんだ。まったくね、だったらさっさと死んじまうんじゃないよ、と悪態をつきたくなった。ま、そんな時に亭主の知り合いと道でばったり会って、それで助かったんだから、それもこれも亭主があの世から助けてくれたんだろうとは思うけどね」

おいとさんは、亡くなったご亭主のことが今でも好きなんだ、とやすは気づいた。だからもう嫁ついだりしないいんだ。

女が一人で生きていくことを選ぶ背景は様々だ。ただ、どんな事情で選んだにしろ、それは困難な道になる。

「ところでね、おやす」

「へい」

「あんた、豆腐の料理、どのくらい知ってる？」

「お豆腐ですか。紅屋ではよく使うので、ひと通りは習いましたが。冷奴《ひややっこ》や湯豆腐、揚げだし豆腐、いり豆腐、田楽《でんがく》、それに阿漕豆腐《あこぎとうふ》というのも作ったことがあります。手間はかかりますが美味しいものです」

「名前は聞いたことがあるね、あこぎ豆腐。それはうちで商売に使えそうなもんなのかい」

やすは考えてから答えた。

「煮売りで扱うには、ちょっと手間がかかり過ぎていると思います。豆腐を軽く炙《あぶ》ってから出汁で煮て、それを油で揚げてから田楽にするんです」

「なんだいそりゃ」

おいとさんが笑い出した。

「そりゃまた随分いじくりまわすもんだねえ」

「へえ、それで、やり口が阿漕だからあこぎ豆腐、と名付けられたという話です」

「あはは、そりゃ確かにあこぎだわ」

「でも、田楽にする手前までは作り置きができるので、早めにそこまで作っておけば、お客に出す時は田楽仕立てに味噌だれをつけて焼くだけです。料理屋で出すにはいい献立だと思います」

「なるほどね。けど煮売りで売りあるくもんじゃないねえ」

「へえ、おかずにそこまで手間のかかった味は、お客さんも求めないでしょう」

「だよね。手間の分、値段も高くなっちまうし」

「お豆腐を煮売りの献立に加えるんですか」

「近所の豆腐屋がね、もう少し豆腐を買ってくれるんなら安くするって言って来たんだよ。今でもいり豆腐は作って売ってるんだけどね。豆腐は人気があるからなんとか献立を増やしたいんだけど、何しろ柔らかくって足の早い食べ物だからね、いり豆腐の他に、煮売りで売れそうな献立が思いつかないんだよ」

「持ち運んでも形の崩れないものじゃないとだめですね」

「そうだね。それと味は濃いほうがいい。江戸っ子ってのは白いご飯がたんと食べられる味が好きなんだ。それにお大尽《だいじん》じゃないから、そういくつもおかずを買えない。できればそれだけ買っても白いご飯がしっかり食べられて、満足のいくおかずにしないと」

「あこぎ豆腐が載っている豆腐百珍《とうふひゃくちん》という本には、飛竜頭《ひりょうず》、という料理があります」

「ひりょうず？　なんだいそれは」

「へえ、野菜なんかを味つけて、すった豆腐で丸めて揚げるんです」

「へええ。美味しそうだね。けど手間がかかるね」

「豆腐百珍の料理は、料理屋で出すものばかりですから」

「あんた、本なんか読めるのかい。すごいね」

「い、いいえ、ようやっと仮名が読めるくらいです。でも政《まさ》さんは豆腐百珍を読みこなし、丸覚えしていて、中に載っている料理のことをそらで教えてくれるんです」

「あの人は料理の鬼だからね。料理のこととなると昔から、寝ずに勉強するような人だって、おくまさんも言ってた」

「おいとさんは昔っから政さんを知ってるんですか」

「親しかったわけじゃないけど、知ってはいたよ。あたしが女中奉公していた頃、近くの料理屋で板前やってたんだよ、あの人は。料理屋ったって、深川《ふかがわ》一と言われてた店でね、お大尽がお駕籠《かご》に乗って食べに来るような店だよ。あの人は若いのに、そんな店で花板をつとめてた。口数が少なくて照れ屋でね、それでちょいといい男だったもんだから、女中仲間が見かけるとちょっかい出してからかったりしてさ。腕の立つ料理人で給金も良さそうだし、あんな男と所帯が持ちたいねえなんて、みんな言ってたよ。まあそのうちに、あたしらよりもだいぶ器量のいい、気立ても優しいお嫁さんもらっちまったけど」

おいとさんは、暗い顔になった。

「……気の毒なことだったよ……初めての子ができたって、あんなに嬉《うれ》しそうだったのに」

おいとさんはため息をついた。

「本当に、あの人はよく這い上がったよね。今やあんたみたいな可愛い弟子まで持っちまって、さぞかし幸せだろうね。紅屋《くれないや》の大旦那《おおだんな》って人には会ったことがないけど、政さんを品川《しながわ》に連れてって立ち直らせてくれたんだ、さぞかし徳の高いお人なんだろうねえ」

「とても優しいお方です。わたしも大旦那さまに拾われたんです」

「ほんとかい」

「へえ。わたしは……父親に売られてしまいました。でもなんだか手違いがあったみたいで、男の子を下働きに欲しがっていた神奈川《かながわ》宿の旅籠に連れて行かれたんです。

それで口入屋に返されるところだったのを、たまたまその旅籠にいらしてた紅屋の大旦那さまに拾われて、品川に連れてっていただきました」

「なんとまあ。あんたも苦労してるんだねえ、そんなに若いのに」

「いいえ、紅屋では苦労なんてなんにも。みんなすごく優しいし、お勝手の仕事は本当に楽しいです」

やすは腰をあげた。

「煮物は牛蒡《ごぼう》とこんにゃくでいいですか」

「あ、そうだね、こんにゃくも入れようか。水に漬けといたのを忘れるとこだった。おやす、あんたが来てくれてなんだか心強いよ。あたしゃ生来物忘れする方でね、よくそれでしくじるんだよ」

「お豆腐のこと、考えてみます」

「そうかい？　あんたならきっと、面白い料理を思いつきそうだね」

「里芋も少し残ってますけど、これも煮ころがしにしましょうか」

「いや、もうちょっと待ったら魚屋がまた来るから、烏賊《いか》を少し買って里芋と煮ようかね。朝から売り歩いて売れ残りが出るとまた寄ってくれるんだよ。いつも烏賊下足《げそ》が残ってるから、そのくらいの量なら下足と煮たら、五包みくらいは作れるだろ」

やすは、おいとさんという人の人となりを知って嬉《うれ》しかった。心根が優しくて人の気持ちがよくわかる人の料理は、人の心を温めたりひらいたりすることができる。

煮売屋が売り歩ける豆腐の料理。またしても宿題ができた。やすはわくわくしていた。おみねさんに持ちかけられた黄色い粉の謎《なぞ》をとく勝負、お小夜《さよ》さまの旦那様、十《と》草屋《くさや》清兵衛《せいべえ》さまのお体に良くて清兵衛さまを喜ばせられる、あぶらの味がするのにあぶらをたくさん使わない料理、そして、柔らかいものがおすきな清兵衛さまがしっかり嚙むことのできる料理。黄色い粉はかりいというえげれすの七味《なないろ》だったが、使い方は七味とはまったく違っていた。そしてあの、とても辛いけれど美味しいと感じた不思議な味。

あぶらの味がしっかりするけれど、天ぷらのようにあぶらをたくさん使わない料理は、あぶら焼きで答えを出した。あぶら焼きはもっと考えて、紅屋でお客に出せる料理にするという新たな宿題も政さんから出された。

柔らかいけれどしっかり嚙める料理については、まだ十草屋さんに行ってお小夜さまに教えていないのだが、おおよそどんな料理にするかは決めてある。ただ、お小夜さまがご懐妊されたとのことで、今は悪阻《つわり》などでそれどころではないだろう。紅屋の普請《ふしん》が終わってまた品川に戻る頃には、悪阻の時期を過ぎているだろうから、それから日本橋《にほんばし》に伺おう。

宿題を抱えるたびに、やすは気持ちがたかまるのを感じた。新しい料理と出会い、新しい味を見つけ出す作業が、本当に楽しい。それにとても勉強になる。黄色い粉のことでは漢方薬について学ぶことができたし、あぶら焼きでは、鉄鍋《てつなべ》という新しい料理道具について考えることもできた。

今度は豆腐だ。慣れ親しんだ豆腐を、どうやって煮売屋の商売ものに料理するか。いり豆腐の他にどんな料理ができるだろう。

揚げて煮る。それでは厚揚げの煮物と変わらない。片栗粉《かたくりこ》をまぶして揚げて、出し汁を別に売るとか。揚げ出し豆腐は手間がかかるし、油を使うから、ひとり者の長屋住まいでは料理するのが大変だろう。揚げた豆腐と出汁を別々にして売れば手軽に食べてもらえる。豆腐を買う時のように小鍋を持って来てもらい、揚げた豆腐を入れてその上から冷たい出汁をかける。あとはお客が持ち帰って鍋ごと火にかければいい。だがそれでは、売り歩く末吉さんの手間が大変だ。ここの煮売りは、蒸した竹の皮に包んであるので銭と引き換えにぽんと手渡せるのがいいところ。それを小鍋を持って買いに来てくれなんて言ったら、そんな面倒なもんはいらねえや、ということになりかねない。

お客は作る手間を省きたいから煮売屋からおかずを買うのだ。買ったものを並べて、すぐに食べられることが肝心だ。

水気をよく切った硬い豆腐なら、そのまま煮つければ？

いくら硬い豆腐でも、やっぱりそのまま煮たのでは売り歩く間に崩れてしまうだろう。豆腐のままでは持ち歩ける料理にするのは難しそうだ。

「ちわー」

元気よく魚屋が顔を出した。朝の買い付けはおいとさんがしたが、やすもそばで見ていたので要領はわかっていた。

「おやす、下足の他にも良さそうなのがあったらもらっといておくれ」

「へい。魚屋さん」

「うお松《まつ》でさ」

「うお松さん、烏賊の下足があったら少しください」

「へい、下足ね、下足。下足だけでいいんですかい、丸身もありますよ」

「今日は下足だけで」

烏賊は新鮮さが大切だ。朝のうちなら買ってもいいが、一回りして余りものを売りに来た振り売りから買えるのは、下足くらいだ。

「メジもありますよ」

「メジは今朝いただきましたよ」

「とろが残ってるんで、安くしときます」

「うちは振り売りしかしないから。とろはねぎまにしかできないでしょう。中で食べさせる店ならねぎまもいいけど」

「なら、こいつはどうです」

「あら鰯《いわし》」

「大きいのは売れちまったんで、残ってるのをまとめて買ってくれるんならうんと安くしときます」

鰯ならつみれができる。つみれを甘辛く煮付けると美味しい。いや、そうだ。あれを作ろう。

「他に半端に残ってる魚、あります？」

「へい、いろいろありますよ」

やすは、売れ残っている魚の中で、新鮮なものを選《よ》り分けて鰯と一緒に買った。

魚屋が出て行くと、おいとさんがやすの抱えている笊を覗き込んだ。

「あれま、そんな小さな下魚《げざかな》ばっかり、どうするんだい」

「へえ、とても安かったです。あ、お代は帳面につけておくと」

「つけといてもらって月の終わりにまとめて払うんだよ。まあそりゃ安いだろうけどさ、そんな魚じゃ。でもそれで何を作ろうってんだい」

「へえ、さつま揚げを」

「さつま、あげ？　ああ、あれかい、魚のすり身を揚げた」

「へえ。さつま揚げならこんな魚でも作れます。捌《さば》いて身を削《そ》ぐのがちょっと面倒ですが。さつま揚げを作って、それを出汁と醬油《しょうゆ》で煮れば、日持ちもするし白いご飯のおかずにいいかと」

「そりゃ美味しそうだね。けどよくそんな、手間のかかることしようなんて思うもんだ」

「そんなに手間はかからないですよ」

やすは笑顔で言った。

「里芋と烏賊を煮る時に一緒に煮てしまいますから」

「一緒に？」

「へえ。さつま揚げも元は魚、烏賊下足の出汁と喧嘩《けんか》はしません。逆にさつま揚げの油が出汁にこくを与えてくれるし、芋はそのこくの出た出汁を吸うので、濃い味に感じると思います」

「一緒に煮て、別々に売るのかい」

「その方が、買う人には馴染《なじ》みのある料理で買いやすいと思います。片方は里芋と烏賊下足の煮ころがし、片方はさつま揚げの煮物。昼餉にしろ夕餉にしろ、煮売りのおかずをふた品も並べて食べる人は少ないでしょ」

「そりゃそうだよ、そんな贅沢《ぜいたく》なことは、正月でもないとしないもんだ」

「だから味が似てても大丈夫なんです。それに、それぞれの素材の味は違うので、煮汁が一緒でも口に入れれば違う味がします」

おいとさんは、口を開けてやすを見ていたが、あははは、といつもの威勢のいい笑い方で笑った。

「なんだね、おやす。あんたほんとに煮売商売を手伝うのは初めてなのかい？　同じ煮汁でふた品つくっちまうやら、白飯に合いそうな味を考え出すやら、安い下魚を使うやら。まさか品川でも味自慢で知られた紅屋で、そんな料理を出してるわけじゃないんだろ？」

「料理が売りの旅籠飯は、おかずの数が多いんです。いつもはしない贅沢をする、夕餉の膳《ぜん》にいくつも皿が並ぶのを楽しんでもらうことが大事なんで。でも、その割には白いご飯をたくさんは出しません。旅のお客さんは翌朝が早いですから、夕餉にあまりお腹《なか》に残るものをたくさん食べると、寝苦しくなってよくありません。すっきりとお腹がすいて目が覚めて、朝餉でしっかりご飯を食べていただきます。なのでご飯が余計に欲しくなるような濃い味にはしません」

「何もかも、煮売りと反対だね」

「へえ。なのでいつもと逆さに考えました。紅屋では、料理一つ一つ出汁から変えて、味付けももちろん違います。煮物をふた品出すなんてことはもちろんしませんが、煮物の出汁と汁物の出汁を一緒にとったりもしません。でも賄いには、残った出汁を合わせて使うこともありますし、余ったものを適当に煮汁に入れて煮てしまうこともあります。そうした料理は料理で美味しいものです。いろいろな素材の味や合わせ出汁の味が効いて、お客さんにお出しする料理よりも美味しいなと思うことまであるくらいです」

やすは笑って言った。

「賄いは自分で食べるもの。自分で食べるなら、まずは美味しくて、お金をかけずに作れて、手間も余りかからないものがいい。なので煮売りで売るおかずは、自分で食べるものだと思って作ればいいのかなと思ったんです」

　おいとさんは、笊の中から小さな鰯をつまんで目の前にかざした。

「小さいけれど、これはいい鰯だね。あんた、魚を見る目もあるんだね」

「政さんに仕込まれてますから」

「それだけじゃないよ。あんたには才がある。たった一日で、あんたは煮売商売の根っこのとこをおさえちまった。そうだよ、うちの店で作って売るおかずは、何よりもあたしが自分で食べたいと思うものなんだ。このお江戸に煮売屋がどれだけあるか知らないが、中にはあくどいことをやってる店もある。古い野菜や傷んだ魚を平気で料理しちまったり、売れ残った煮物を何日も火入れして売ったりね。そんなもの自分で食べたいと思うかい？　あたしゃごめんだ。どんなに儲かったって、自分が口に入れたくないものを売り歩いたりはするもんか。自分が食べる、食べたいと思うものを作って売る。他に何のこつも秘訣《ひけつ》もありゃしない、それがこの商売の根っこだよ」

「良い仕事ですね」

　やすは言った。

「自分が食べたいと思うものを作って売る。とても良い仕事だと思います。旅籠のお勝手仕事も、旅で疲れたお客さんの体と心を癒して、楽しい気分になっていただいて、品川での良い思い出を作っていただく、という良い仕事です。でも煮売りの仕事は、旅に出るなんて特別なことのできない、ごくごく普通に暮らしている人たちが毎日、美味しいと思ってくれる、そういう仕事なんですね」

「そうさ」

おいとさんは微笑《ほほえ》んだ。

「このお江戸を支えてるのは、長屋に住んで、煮売屋から買ったおかずでご飯を食べてるあたしらなのさ。あたしらと同じ暮らしをしている連中なんだよ。だからあたしは、この仕事が好きなのさ」

その日もとても忙しかった。末吉さんが昼時に戻って来たので三人で昼餉を食べ、また末吉さんが重い天秤棒《てんびんぼう》を担いで出て行くと、次の料理に取り掛かる。末吉さんは日が落ちる前に最後の振り売りに出るので、日に三度同じことが繰り返された。そして驚いたことに、戻って来た末吉さんの担いでいる桶はいつも空っぽ。『さいやいと』のおかずは大人気らしい。

久しぶりにいやというほど料理をして、やすはくたくたに疲れながらも、なんとも言えない幸福感に浸っていた。

思ったように料理ができるというのは、こんなにも楽しいことなのだ。

三度目に末吉さんが出かけて行って、ようやく後片付けになる。

紅屋では夕餉が三度の食事の中心で、賄いもおかずが何品かつく。が、おいとさんは昔ながらに昼餉でおかずを食べ、夕餉は冷や飯に漬物をのせて湯漬けにする慣わしのようだった。

「物足りないなら、あんた、残ってるもんで好きにおかずを作って食べていいんだよ。この頃じゃ江戸でも夕餉に贅沢をする人が増えてるけど、あたしは子供の頃から夕餉は湯漬けで済ませて来てるからね、余計なもんを食べると寝つきが悪くなっちまって。末さんはご飯さえたくさん食べられたら漬物だけでいいって人だから」

「へえ、ありがとうございます。でもお昼にさつま揚げをいただきましたから、夕餉は湯漬けで充分です」

「遠慮するこたないんだよ。あんたが来てくれて随分助かってるんだし。まあ満足のいく給金は払えないかもしれないけど」

「そんな、部屋までいただいてお布団をかけて寝られて、三度のご飯をいただいた上にお給金などいただけません。それに店の普請をしている間も、紅屋からはちゃんとお給金をいただいてるんです」

「おや、そうなのかい」

「へえ」

「なんとまあ、紅屋ってのは奉公人に手厚いんだねえ。あそこまでどん底に落ちた政さんが立ち直れたのもわかるよ。そういう紅屋の心意気が、政さんの気持ちを上向きにしてくれたんだろうね」

「大旦那さまのお心を、若旦那さまも番頭さんもみんなきちんと受け継いでいらっしゃいます。わたしは本当に良い方々に囲まれています」

「まあそりゃいい話だ。いい話だけど」

おいとさんは、ちょっとだけ眉《まゆ》を寄せた。

「品川ってところは旅籠が多いんだろ」

「へえ、旅籠だらけです。でも遊郭があるので、女郎遊びのできる宿もたくさんあります。紅屋のような平旅籠《ひらはたご》はむしろ少ないです」

「奉公人に手厚くて、主人は人となりがいいと評判、その上、料理自慢で人気もあるとなると、嫉妬《しっと》するご同業は多いだろうね」

「嫉妬、ですか」

「そう、嫉妬さ。商いってのはどんなもんでも、ご同業との間が一番難しい。どんな商売だって一軒だけじゃうまくいかない、ご同業があって互いに助け合うから繁盛できる。煮売屋だってそうなのさ、江戸に煮売屋が一軒しかなかったら、いくらおかずをこしらえたって、末吉が外に出る間もなく殺到したお客が奪い合う。作っても作っても間に合わないよ。そうなると人をたくさん雇って大きな商売をするしかなくなる。あたしみたいな、後家の女中あがりがいくら小銭を貯めたってそんな商売はできやしない。あたしがこうやって煮売屋をやっていけるのは、他にもたくさん煮売屋があって、それぞれが商売する範囲を決めてその中でちまちまと売っているからだよ。他の煮売屋がうちの商いを邪魔しないでくれるからやってられるんだ。末吉はもう少し売り歩く範囲を広げたいって言うんだけどね、無闇《むやみ》に他の煮売屋の縄張りに入り込んだら揉《も》め事《ごと》の種になるだろ。だからあたしが、煮売屋の寄り合いに顔を出して、本所のあたりで一つ店が畳まれたから、そっちは少し歩いても構わねえってお許しをもらって、それで初めて末吉が本所を歩けるようになったんだよ。とは言っても本所には他に店があるから、このあたりからこのあたりまで、って決めてもらったところを歩くだけさ。そうやって、ご同業ってのは助け合うからやっていける。でもそんな中で、なんだか知らないがやたら調子のいい店が出て来たとなると、どうしたって嫉妬され ちまうもんさ。例えばうちのおかずで大人気になったものがあったとして、それでうちが売り歩いてる範囲の外からお客が買いに来ちまったらどうするか。お客が自分の足で遠出して買うのをやめてくれとは言えないし、あんたは辰巳《たつみ》の方から来た人だからあんたには売れないよ、なんて断ることもできやしないだろ？　けどそうやって、他の煮売屋の商売範囲からも客が集まっちまったら、必ず寄り合いで文句を言われる。そんなのは仕方ないだろ、悔しかったらもっと美味しいおかずを作って売りな、と啖《たん》呵《か》切ってやりたいところでも、ご同業の恨みを買ったらあとあとどんなことになるかわかりゃしないからね、へえどうもすんません、これから気をつけさせていただきます、と畳に手とおでこを付けて謝って、人気のおかずの作り方を教えるかそれを売るのを諦《あきら》めるか、あるいは振り売りをやめて店で食べさせる居酒屋になるか。煮売酒屋ならどこから客が集まったって文句言われる筋合いはないからね。理不尽な話だけど、商売ってのはそういうもんなんだ。もちろん、啖呵切って寄り合いからも抜けて、ところかまわず売り歩いて儲けて、ってのもやろうと思えばできるだろうね。だけどそうなると、ご同業らの恨みはますます募って、しまいにゃ人を雇って脅しをかけたりして来るだろうし、悪くしたら火をつけられちまうかもしれない。あたしみたいな女一人の商売でそこまではできないよ」

「……紅屋が、そんな嫉妬や恨みを買うこともあるんでしょうか」

「さあ、あたしゃ旅籠商売については何も知らないからね、確かなことは言えないよ。だけど、奉公人に手厚いと評判のお店ってのは、意外にご同業からの評判はよろしくないものなんだ。それはあたしも長いこと女中してたから知ってるよ。奉公人に手厚くすると、儲けは減っちまうだろ。どこのお店だって少しでも儲けたいと思っているから、ご同業のどこかが奉公人に手厚くしていると話に聞けば、いい気持ちにはならないのさ。真似《まね》をして評判を上げようとすれば儲けが減るし、そうしなければ奉公人の不満が募る。どっちにしたってそういう話が流れて来て得なことはない、そう考えるだろうね。紅屋が普請で休んでいる間も奉公人に給金を払ってるってことが知れ渡ったら、きっと品川の他の旅籠はしかめつらをするだろうね。紅屋がそうした以上、自分とこもそうしなければ奉公人や世間から、けちだなんだと悪口を叩《たた》かれる。紅屋ってのは、その大旦那って人の代からそうした情のある商売をしてるんだろうから、きっと、品川のご同業の中にはあまり良く思っていないとこもあるんじゃないかね」

「で、でも、若旦那さまは旅籠の寄り合いでお役も務められてますし、大旦那さまは品川一と評判の脇本陣百足屋《わきほんじんむかでや》さんの旦那さまともお仲がよろしいです」

「もちろんそうだろうさ、真っ当で情のある商売をしていれば、味方はたくさんいるだろうよ。同じようにまともな商売をしようとしているご同業からは尊敬され、慕われ、信頼される。けど、敵もその分、多くなる、って話だよ。人ってのは、正しいから味方するばかりじゃないからね。嫉妬ってのは、時には正しさよりも強く人を動かしちまう。ああ、ごめんね、なんか余計なことばかり言った。気にしなくていいよ、紅屋は大丈夫さ。なんたって政さんが包丁握ってるんだから、料理の味だけだってきっと品川一だろうさ。それにあんたみたいな奉公人が真面目《まじめ》に働いてるんだから、鬼に金棒。さ、そんな顔してないで、そうだ、今夜は夕餉の後で湯屋《ゆや》に行って来たらどうだい。お江戸の湯屋には入ったことがないだろう」

「へ、へえ、でもご飯が済んだら着物を洗いたいので今夜も盥《たらい》で」

「着物？」

「今朝、屋根の上を歩いている人を見て腰が抜けちまったんです。それで地べたを這ったので、着物がだいぶ泥だらけに」

おいとさんはまた、豪快にあはは、と笑った。

その晩ずっと、やすは、おいとさんの言ったことを考えていた。

平旅籠に押し込みに入ろうとしていた賊がいたことは、それと何か関係があるのだろうか。

他にもっと金目のものがありそうな店はたくさんあるのに、なぜ紅屋が、それも奥が狙《ねら》われたのか、それがずっと不思議だった。もしかして紅屋は、品川の同業旅籠の誰かから恨まれているのだろうか。嫉妬され、疎《うと》まれているのだろうか。

真っ当で情のある商売をしていることで恨まれるなんて、そんな筋の通らないことが、本当にあるのだろうか？

六　上方の味

あれこれと考えてばかりいたせいか寝つきが悪く、そのせいで翌朝は少し寝坊をしてしまった。

慌てて水を汲《く》みに裏庭に出たが、どうしても隣家の屋根からは視線をそらしてしまう。そこにまた人がいて、その人と目が合ったりしたらどうしよう、と不安になる。

おいとさんは、屋根の上を歩いていた人に心当たりがあるようだった。確かに面も被《かぶ》らずほっかむりもせずに、すでに明るくなりかけている刻《とき》に屋根の上を歩いている盗賊などはいないだろう。けれどそれなら、あの人は屋根の上で何をしていたのだろう。

やっぱり、お江戸というのは不思議なところだ、とやすはあらためて思う。あの颶風《ぐふう》でお江戸にも大きな災難があったはずなのに、この深川《ふかがわ》のあたりも水に浸《つ》かって、家も随分壊れたと聞いているのに、あれからふた月も経《た》たないのに、あっという間に立ち直ってしまったようにも見える。もちろん空き地は目立つし、壊れたままの家も多く、長屋なども潰《つぶ》れたまま無残な姿を晒《さら》している。品川《しながわ》同様、とんでもない数の死者が出たとも、芝《しば》の方は大火で焼け野原となっているとも聞いている。それでも、人はたくさんいるし、家もどんどん建て直されて、お江戸の立ち直りの早さはすごいと思う。品川だって頑張ってはいるけれど、お江戸はまるで怪我《けが》をしてもすぐに治ってしまう生き物のようだ。

そして、人々がそれぞれ好きなように生きているという感じもする。

品川も気風としてはお江戸に似ていると思うのだが、どこか違う。それは、品川が花街であり、宿場町であるということなのだろう。品川の主役は旅人であり、花代を払うお客たちだ。旅籠《はたご》はそうした人たちの為《ため》にある。けれどお江戸では、そこで暮らしている人たちが真ん中にいる、そんな気がする。

朝餉《あさげ》を終えるとあとは昼餉の頃《ころ》まで台所に立ちずくめ、おいとさんの指図で芋を煮たり、蓮根《れんこん》を洗ったり、魚を捌《さば》いたり。煮売屋の惣菜《そうざい》は旅籠飯のような華やかさはないが、どれもこれも、馴染《なじ》み深い料理ばかりだ。白い飯があったらお腹《なか》が空《す》いていなくても食べたくなる。

味付けは濃く、煮崩れないようにしっかりと面取りをし、箸《はし》で割って口に入れるとちょうどいい大きさに。冷めても美味《おい》しく食べられることも大事だ。一人者の男衆には、鍋《なべ》に入れて温め直すだけでも手間なのだ。

末吉《すえきち》さんが一度目の振り売りに出かけると、おいとさんはひと息入れる。やすはその間も鍋や野菜を洗ったり出汁《だし》をとったあとの削り節をから炒《い》りしてふりかけを作ったりと働いていた。

「本当にあんたは休むってこと、しない人だねえ」

おいとさんが笑う。

「いいからちょいと、ほんの少しでもそこに座って、お茶の一杯でも飲んだらどうなんだい」

「へえ、ありがとうございます」

やすは空き樽《だる》に座り、おいとさんがいれてくれたほうじ茶をすすった。

「昨日も言ったろ、ちゃんと休まないといい仕事はできないもんなんだよ」

「へえ……立って動いていないと落ち着かなくて。すみません」

「政《まさ》さんはそんなにあんたのこと、働かせっぱなしなのかい」

「いいえ、そんなことはありません。政さんは肝心なことだけ教えたら、あとは好きにやれと言って、ぷいと出かけてしまったりします」

「おやまあ」

「たいがいは野菜や魚を探して歩いているようです」

「探して？　だって出入りの八百屋や魚屋があるんだろう？」

「へえ、でもお百姓のところを回ると、たまに驚くほど質のいい野菜に出逢《であ》えたりするんだそうです。魚も自分で網子《あみこ》のところに行き、水揚げされたばかりの魚を見て魚屋の仕入れを確かめるんだと言ってました」

おいとさんは笑った。

「あはは、政さんらしいね。魚屋の目を信じてないのかね。いや、自分の方が目利きだという自信があるんだろうねえ」

「政さんは、魚でも野菜でもとことんいい物をできるだけ安く仕入れるには、足で歩き回るしかないんだ、と言ってます。政さんがいない間は、板前の平蔵《へいぞう》さんや他のお勝手女中さんたちと、好きにやらせてもらっています」

「つまり、働きづめ、ってことか。まあね、動いてないと落ち着かないってのはわかる気がするよ。あたしも女中だった頃はそうだったかもしれない。働いてる方が気が楽なんだよね、怠けているよりも」

「へい」

「それはさ、つまり、自分の居場所がなくなっちまうんじゃないか、っていつも不安だったからなのさ。役に立たない女中だと思われて暇を出されたら、また行き倒れ手前まで落ちちまうかもしれない。それが怖くて、とにかく役に立つ女だと思われたくて、働いて働いて、働いてた。あんたもそうだろう？　紅屋《くれないや》みたいに奉公人に優しくていい働き場所なんざ、そうそうあるもんじゃない。追い出されちまわないように、働いてないと不安になる」

やすはうなずいた。おいとさんの言う通りだった。紅屋の人たちにどれほど可愛《かわい》がられていても、政さんや平蔵さんがどれだけ優しくしてくれても、やすの胸の底にはいつも不安がある。役立たずと思われたくない、紅屋を追い出されたくない、という切なる思いがある。

「今、あたしがこうやって好きな時に休んでいられるのは、この店があたしのお城だからさ。こんなちっぽけでみすぼらしい煮売屋でも、あたしはここのお殿様。座ってお茶を飲んでたって誰《だれ》にも文句は言われないし、追い出されることもない。そう考えながら飲むお茶は、ことのほか美味しいんだよ。あたしはもう、誰も頼らずに一人で生きているんだ、ってね。あの颶風の夜、ご近所さんはみんな逃げて、あたしにも逃げろって言ってくれた。けどあたしは逃げなかった。この店ごと吹き飛ばされて死ぬならそれでもいいと思った。水は二階に上がる階段の途中くらいまで来たけどね、幸い、このぼろ家は頑張ってくれた。あたしにとっては、この店はあたしの命より大事だ。ここがなくなったらもう生きていく気にはなれないだろうね」

おいとさんは、よっこらしょ、と立ち上がった。

「あんたにもいつか、もう追い出されることに怯《おび》えなくていい自分の本当の居場所が見つかるさ。あんたならきっと。そしたらそこを命がけで守って生きていったらいい。少なくともあんたは、ご亭主に頼って生きるような女じゃなさそうだ。まあ世の中の習いとしては、力のある男に守ってもらい、養ってもらって生きる方が容易《たやす》いのかもしれないけどね、あたしは感じるんだよ。太平の世はそろそろ終わりだって。これからは、誰にとっても明日が見えない、そんな世の中になりそうだ、って。どんなに力のある男を見つけてそいつの懐《ふところ》に収まっても、その男の力がいつまで続くかなんてわかりゃしない。長い太平は終わって、お芝居の中でしか知らない戦国の世みたいなものが始まったら、他人に頼って生きてる女は、神仏にすがって震えていることしかできないんだ。だけど煮売屋でもなんでも、自分の力で手に入れたものを守って生きていれば、世の中の騒動に振り回されず、毎日を過ごすことができる。あたしはそう信じてる」

末吉さんが戻って来て、昼餉を支度する。三人でささやかだけれど美味しい昼餉をいただくのはとても楽しかった。おかずは鯖《さば》を味噌《みそ》で炊《た》いたもの。おいとさんの味付けは、甘くねっとりとしていてご飯がすすむ。

「今日は行く先々で、昨日のさつま揚げはねえのかい、と聞かれたよ」

末吉さんが言った。

「あれはたいした評判になってる」

「あらそうかい。おやす、あんたの腕はやっぱりたいしたもんだねえ。さつま揚げの煮物もうちの定番にできるかい？」

「へえ、魚次第です。安い魚でないと元が取れないですが、悪い魚で作ると味が落ちます。さつま揚げは魚の良し悪《あ》しがはっきり出ます」

「そんなもんかね。すって揚げて煮ちまうんだから、少々古い魚でも作れそうだけどね」

「作ることはできますし、確かにある程度はごまかしも効きます。でも魚が古いなら味は濃くしないとかすかな臭《にお》いが消せません。味を濃くすればするほど魚の味はしなくなって、ただ醬油《しょうゆ》だの砂糖だのの味ばかり口に残ります。食べられないことはないけれど、食べても、ああ美味しい、とは思えない。また食べたいと思えないものになってしまいます」

「なるほどね。また食べたい、と思ってもらえなかったら、うちの定番にする意味はないもんね。仕方ない、あんたが納得できる魚が入った時にだけ作るってことにしようかね。今朝はあたしが魚屋とやりとりしたから、さつま揚げにできそうな魚があるかどうかちゃんと見なかった。後で二度目の顔出しをしてくれるといいんだけどねえ」

「その代わり、工夫のしようがいくらかあると思います」

「工夫？」

「へえ。例えば蓮根や芹人参《せりにんじん》を刻んで入れれば歯ごたえが面白いものになりますし、烏賊《いか》や蛸《たこ》などを入れれば味に深みも出るし、やはり歯ごたえが楽しめます。生姜《しょうが》の酢漬けを刻んで入れても面白いかもしれません。その日その時、余っているものを上手に使えば、毎回変わったさつま揚げが楽しめます。煮物にしないで揚げただけのものを売ってもいいですね。しっかり味をつけておけば冷めても美味しく食べられます」

「それ面白いじゃないか。毎度毎度、どんなものが入ってるかはその時のお楽しみ、ってかい」

「だったら名前もさつま揚げじゃなくって、おたのしみ揚げ、とかにしたらどうです」

末吉さんがご飯をかきこむ手を止めて言った。

「売ってて思ったんだが、お江戸で売るのにさつま揚げってのはちょいとシャクな気がするんで」

「あはは、末さんは薩摩《さつま》嫌いなのかい」

「別に嫌いじゃねえが、あんな田舎侍《いなかざむらい》達がこの頃は随分幅を利かせてるのがどうもね。外様ってのはもうちょっと遠慮してるもんだと思うんだが」

末吉さんは仏頂面で言った。

「関《せき》ヶ原《はら》で権現《ごんげん》様に弓をひいた連中が、お情けで生きながらえてんのに、金を貯《た》めこんで偉そうにしてるってのはどうにもね」

「そこが権現様の素晴らしいところじゃないか。西軍を皆殺しにしないでお国に帰してやったんだよ。だからこそ、徳川《とくがわ》の世は長いこと安泰だったんだ。まあそれも、海の向こうから天狗《てんぐ》のような異人がやって来たんじゃ、心許《こころもと》ないけどね。おっと、お上《かみ》の悪口はいけない、いけない」

おいとさんは口元に手をあてた。

「でも、新しい名前をつけるってのはいいね。何かいい名前はないかねえ」

「このお店の名前をつけたらどうでしょう」

やすが言った。

「いとや揚げとか、おいと揚げ、とか」

「あらやだ、ちょいと恥ずかしいよ」

「いやいや、おいと揚げ、それがいい」

末吉さんが言った。

「女の名前を付けたものは売れるってのはよく言われるこった。おいと揚げ、それにしよう」

「ほんとにかい。そんな名前でいいのかい」

「いいと思います」

やすも言った。

「何が入っているかはその日のお楽しみ、おいと揚げ。きっと人気になると思います。春には筍《たけのこ》、夏には蛸や枝豆、何もなくても芹人参や蓮根を入れたり、烏賊を入れたり。牛蒡《ごぼう》を入れても。それぞれの材料で風味も香りも変わりますから」

「しかも、いい魚が入った時だけしか作らない。お客さん、運がいいね、今日はおいと揚げがありますよ、って売りにもなるねえ」

「だったらおいとさん、幟《のぼり》を作っちゃくれねえかい」

「幟？」

「おいとあげ、あり〼《ます》、って書いてあるのを、おいらが背中に括《くく》りつけて歩くよ。それなら目立つし、知らない人が見れば、あれはなんだい、と噂《うわさ》にもなる」

「それはいいね！　わかった、さっそく作るよ。古い浴衣《ゆかた》があるからあれを使おう。今夜にでも店が終わったらおやすと二人で作っておくよ。手伝ってくれるね、おやす」

「へえ、もちろんお手伝いします。どうせなら明日から売り歩けるように、いい魚が手に入ればいいんですが」

「魚があったとして、まずは中に何を入れるつもりだい？」

「蓮根と芹人参を試してみたいです。蓮根は熱が通るとほっくりして、歯ごたえもあります。芹人参は色が綺麗《きれい》です。それにどちらも日持ちがするので年中手に入りますから、まずはお馴染みの味としていいと思います」

やすは、わくわくしていた。おいと揚げが評判になることを想像すると、久しぶりに嬉《うれ》しさが胸にこみ上げて来る。高潮で品川が壊れてしまって以来、心から楽しいと思えることはなかった。

だが年が明ければまた紅屋で働くことができるのだから、いつまでもくよくよしていてはいけない。せっかくふた月の間、煮売屋で働けるのだから、煮売屋とはどんな商いなのか、煮売屋に何ができるのかしっかりと確かめないと。

末吉さんがまた振り売りに出ると、三回目に備えて煮物を作る。八《や》つ時も近い頃になってやっと魚屋がまた顔を出した。朝は毎日魚を持って来てくれるが、その日に売る魚が売り切れたら二度目はない。

「ああ良かった」

おやすは思わず手を叩《たた》いた。

「うお松《まつ》さん、顔を出してくれて良かったです」

「へい、遅くなってすんません」

魚屋は桶《おけ》の上を覆っている手拭《てぬぐ》いをとった。

「今日はよく売れたんで、大したもんは残ってねえんですよ」

やすは残り物の魚を見つめた。確かにおかずの主役になれそうな魚は何も残っていない。だがさつま揚げの材料になら良さそうな小魚はたくさんあった。小さな魚でも一尾ずつ新鮮かどうか確かめながら、笊《ざる》に入れる。

底の方に、大きな魚が一尾、入っていた。イシモチだ。

「これももらえますか」

「イシモチですかい。すんません、一尾しか残ってないんで」

「一尾でもいいんです」

「そうですかい。ああ、おいとさんの夕餉のおかずだね？」

魚屋はイシモチをすくって笊に入れてくれた。支払いを帳面に書き付けると、魚屋は上機嫌で天秤棒《てんびんぼう》を担いだ。売れ残りの魚がかなり捌けてほくほくとしている。

「うお松さん、明日の朝もよろしくお願いします」

「そりゃもちろん、朝は真っ先にこちらに来ますんで。一番いいのを買っておくんなさいよ」

魚屋が出て行くと、おいとさんは苦笑いした。

「まったく調子のいい男だね。あんなこと言ってるけど、どうせ真っ先に行くのは松《まつ》平《だいら》様のお屋敷で、そのあと料亭をまわってからうちに来るんだから」

「でも、いいお魚を持って来てくれますね」

「あの魚屋は、うお辰《たつ》って振り売りの元締めのとこから来てるんだよ。うお辰の魚はとにかくいきがいいのさ。あら、イシモチかい」

「へえ。イシモチはさつま揚げにするととてもいい味が出ます」

やすは急いで料理に取り掛かった。末吉さんが戻って来るまで、半刻あまりしかない。おいとさんも小魚を捌くのを手伝ってくれた。臓腑《ぞうふ》や骨、頭などは、さっと湯で煮て冷ましてから猫にやるらしい。おいとさんも猫好きのようだ。

おいと揚げの用意ができて、末吉さんの三度目の振り売りに間に合った。台所の片付けをしながら夕餉のしたくにかかる。と言ってもおいとさんは湯漬け程度しか食べないので漬物を切って、末吉さんの為に残しておいたおいと揚げを炙《あぶ》るだけだった。

そうして手を動かしながら、やすは、昨日おいとさんに頼まれたことを考えていた。煮売りの振り売りに向いている豆腐の料理。

おいと揚げ、という名前に末吉さんが目をつけた時に、何かがやすの頭の中で閃《ひらめ》いた気がしたのだが、忙しく働いているうちに摑《つか》みかけたものを逃してしまった。

梅干しや生姜の甘酢漬けなどが小さな壺《つぼ》に入って並んでいる棚を片付けていると、昨日は気づかなかった茶色い壺に気づいた。蓋を開けると、つん、と酢の匂《にお》いがする。

だが驚いたことに、壺の中は真っ赤だった。

梅干し？　いや、これは……生姜だ。

「あの、おいとさん」

「なんだい」

やすは生姜の壺を抱えたまま訊《き》いた。

「この壺なんですけど」

「どの壺？　ああ、それかい。紅生姜だね」

「紅……生姜」

「生姜を甘酢じゃなくて梅酢に漬けたもんさ」

「梅酢に！」

「上方では甘酢より梅酢に漬けたもんの方がよく食べられてるんだよ。女中奉公していた先の大旦那《おおだんな》がね、上方に旅をして向こうで食べて気に入ったとかで、その家では生姜は梅酢に漬けてたのさ。面白いと思って、煮売りを始めた時に売ってみたんだけど評判は散々さ。色が赤過ぎて品がないとか、食べると口のまわりも舌も赤くなっちまって不気味だとか言われてさ。味も甘酢に漬けたものより、生姜の辛味が立っちまうから、それも江戸の人には好まれなかったみたいだね。でもあたしはその味が好きなんだよ。それにその色だって、なかなか綺麗だと思うんだけどねえ。梅干しは赤くてもいいのに生姜はだめだなんて、江戸っ子ってのは案外、了見が狭いね」

おいとさんはそう言って笑った。

「あの、味見してみてもいいですか」

「ああ、いいよ。上方では薄く切って天ぷらにしたり、細く切って鮨《すし》に散らしたりするんだよ」

やすは壺から生姜の塊を菜箸《さいばし》で取り出した。まな板にのせると、なるほど、まな板が赤く染まる。まな板に赤い染みが残っては困るので、急いで少し切ると生姜を戻し、まな板を洗った。

口に入れてみると、梅酢の塩と酸味が強く、なかなか手強い味だ。嚙《か》むとやっと生姜の辛味が口の中に広がる。おいとさんが言うように、甘酢に漬けたものよりも辛味が強い。確かにこのままでは、甘酢漬けに慣れている舌には美味しいと感じないかもしれない。

けれど梅酢特有の風味はなかなか捨てがたいし、赤紫蘇《あかじそ》から出た色も、使いようによってはとても美しいだろう。口が染まるほど使わなければいい。

上方の味。

上方の料理は江戸の料理よりも上だ、という話は聞いたことがある。こちらでは高価なのであまり使わない昆布《こんぶ》を上方ではよく使うらしい。そう言えば、あの棒鱈《ぼうだら》も上方ではよく食べられていると政さんが言っていた。同じ日の本に生まれても、その土地ごとに料理は違い、味の好みも変わって来る。

自分は死ぬまで、箱根《はこね》の山を越えることなどないだろう。箱根の先に旅に出るなどとは考えたこともないし、出たいとも思わない。けれど、料理は知りたい。上方の味、薩摩の味、琉球《りゅうきゅう》の味。

「あんたもそれ、気に入ったのかい」

「へえ、この赤い生姜で、何か面白い料理が作れそうな気がします。上方には江戸にはない食べ物がたくさんあるんですね」

「そうだろうね。あたしゃ上方なんざ行きたいと思ったことないけどさ、料理人は一度は上方に行って、上方の料理を知った方がいいと言う人もいる。ま、あたしゃ死ぬまでにお伊勢《いせ》参りができればその方がいいね、どうせ路銀を使うなら」

末吉さんが戻り、おいと揚げは瞬《また》く間に売り切れた、と嬉しそうに話してくれた。

「やっぱり今夜は夜なべして幟を作らないとならないね」

おいとさんも楽しそうに言う。

「大地震だ高潮だ大火事だって、嫌なことばっかり続いてたからね、おいと揚げのおかげでようやく少し、気持ちが晴れそうだよ。ありがとう、おやす。あんたのおかげさ」

「そんな、わたしは何も」

「俺からも礼を言わせてくれ」

末吉さんがそう言ったので、やすは驚いた。

「なんだい、あんたからおやすに礼って」

「おやすさんが来てくれたおかげで、飯の時においとさんと二人きりじゃなくなった」

「なんだよその言い草は。あたしと二人きりだと飯がまずいとでも言いたいのかい」

「おいとさんは説教ばかりするからな」

末吉さんはそう言って、ニヤニヤした。

「説教なんざした覚えはないよ」

おいとさんは口を尖《とが》らせてみせる。

「当たり前のことを言ってるまでだよ。だって言わなかったら末さんてば、何日も着物を洗わないで平気でいるじゃないか。食べ物を振り売りするってのに、臭い着物を着てられたらこっちが困るんだよ。そんなんじゃいつか、想《おも》い人にも嫌われちまうよ！　だから持って来てくれたら洗ってやるって言ってるのに。それに末さん、あんたいつになったらちゃんと髷《まげ》を揃《そろ》えるんだい。町人だってね、髪をきちんとしとかないと半端者だと思われるよ。いつまでも河岸《かし》人足のつもりでいたんじゃいけないよ。島帰りでもあるまいし、ざんばらを後ろで結わいただけなんて、そんな頭で深川をうろうろしないでおくれ。あたしが笑われちまうよ！」

やすは笑いそうになって慌てて下を向いた。なるほど、末吉さんの気持ちもわかる。おいとさんはきっと、末吉さんのことが可愛くて大事で心配で、だから顔を見るとあれこれ言わずにはいられないのだろう。だがこんなに矢継ぎ早に言われたのでは、確かにおちおちご飯も食べられない。

涼しい顔をしてご飯をかきこむ末吉さんと、ぷりぷり怒りながらも優しい目で末吉さんを見ているおいとさん。二人の間に血縁関係はないけれど、二人は本当の母子《おやこ》のように信頼しあい、いたわりあって暮らしているのだ。

いいものだな、と、やすは思った。

あの颶風の前日、大女将のあさ様がやすに、女が嫁ぐことで他人だった家と家とが結びつくことの大切さを説いてくださったことを思い出した。あさ様のおっしゃったことは正しいのだろう。けれどやすは、嫁ぐことが女にとってただ一つの幸せなのだ、とはどうしても思えないでいる。おしげさんもおいとさんも、女ひとりで生きているけれど、それが幸せではないとは誰にも言えないはずだ。もちろんお小夜さまのように、嫁いだことでより幸せになる人もいる。けれど、そうでない女にもそれぞれに幸せはあっていいと思う。

そして、血の繋《つな》がりや家の繋がりがなくたって、人と人とは親子のように寄り添い、大切に思い合って生きていくことができるはず。

そう信じたい、とやすは思う。

❖

翌日、やすはうお松さんが驚くほどの小魚を買い入れ、おいと揚げをたくさん作った。末吉さんは、おいとさんとやすが夜なべして作った幟を背負い、ぎっしりとおいと揚げを天秤桶《てんびんおけ》に入れて意気揚々と出かけて行った。

末吉さんが戻って来ると、天秤桶は空になっていた。

「あっという間に売れちまったよ」

末吉さんは上機嫌だった。

「おいらの顔を見るなり、さつま揚げはあるかと訊いた客がたくさんいたよ。だから言ってやったんだ、さつま揚げはねえが、おいと揚げならありますぜ、ってさ。今日からは、うちのさつま揚げはおいと揚げになりました、って。おいと揚げってのはなんなんだいと訊かれたから答えたさ。さつま揚げより美味しい、深川のおいとが作ったおいと揚げです、って。まあ騙《だま》されたと思って一つ買って食べてみてくださいよ、そしたら味見させろって客がいたんで、一つつまんで齧《かじ》らせてやったら、その客が目を丸くして、こいつはうめえ、って叫んだんで、一気に売れちまった」

「やだよ、なんだかサクラでも雇ったみたいじゃないかい」

おいとさんが笑った。

「随分と素直なお客がいたもんだねえ」

「うまいからうまい、と言ってくれたまでさ。それだけ、おいと揚げはうまいんだ」

末吉さんは誇らしげだった。やすも嬉しくなった。

「だけど、おいと揚げを作ってるのはおやすだよ。深川のおいとじゃなくって、品川のおやすだ。やっぱりあたしの名前なんかつけない方が良かったかねえ」

「ごめんください」

不意に声がして、三人は顔を見合わせた。通りに面した表の戸の向こうに、誰かがいる。声は若い女のものだ。

「誰だろうね、もう店じまいしてるってのに。暖簾《のれん》はちゃんとしまったよね」

「へえ、しまいました」

おいとさんが立ち上がり、土間に降りた。

「どなたさんでしょう。店はもうしまいましたけど」

「すみません、こちら、『さいや いと』さんですね」

「そうですけど、うちは居酒屋はやってないんですよ。振り売りだけで。もう今日の分は売り切れましたんで」

「ご相談があって伺いました。どうか話を聞いていただきたいのですが」

「相談？　えっと、どちらさんで？」

江戸の商家はどこも用心深い。店じまいしてから訪ねて来る者には特に警戒する。たとえ女の声であっても、うっかり戸を開けたが最後、盗賊がなだれこんで来ないとも限らない。やすは緊張して拳《こぶし》を握りしめた。末吉さんが箸を置いて、土間に降りる。

勝手口用の心張り棒を握って、おいとさんの横に立った。

「菊川《きくかわ》の久兵衛《きゅうべえ》長屋におります、そめと申します」

「久兵衛長屋のおそめさん？」

おいとさんは眉《まゆ》を寄せて考えていたが、あ、と合点した顔つきになった。

「久兵衛長屋って、颶風で壊れちまった」

「はい。屋根が飛んで、壁も大方崩れました」

「そりゃあ、お気の毒に。でもその長屋のお方が、何のご用です？」

「はい、大家の久兵衛さんに相談しましたら、それなら深川のおいとさんの所に行ってみたらと言われまして」

「……久兵衛さんのことはよく知ってますけどね。長屋が壊れて、建て直しの為に大工探してるってのは聞いてるけど……あの、今お一人ですか」

「はい、ひとりです」

おいとさんは末吉さんの顔を見た。末吉さんが小さくうなずく。

「なら開けますけど」

末吉さんが、表戸の心張り棒を外した。そろそろと戸を開ける。

おいとさんの背中越しに、品のいい着物を着た、楚々《そそ》とした佇《たたず》まいの女の人が見えた。おそめさんは深々と頭を下げた。

「突然押しかけてしまって、申し訳ありません」

「まあいいですけど、まだ寝てやしないし。さっと入っちゃってください。颶風のあと、深川もちょっと物騒になってね、押し込みも増えてるんで用心してるんですよ」

おそめさんは店の中に入ったが、狭い土間には腰をおろすところがない。おいとさんに促されて、畳にあがった。草履《ぞうり》を揃える手の白さに、やすははっとした。ご新造さんに違いない。武士の奥方だ。揃えられた草履も質のいいものだと一眼《ひとめ》でわかる。が、古びていた。品川には履物屋が多いので、新しい草履は見慣れている。

やすは手早く夕餉の膳《ぜん》を下げ、お湯を沸かした。

「それで、ご用件はなんです？」

やすのいれた茶をすすめてからおいとさんが訊いた。

「お見うけしたところ、お武家様の奥様でいらっしゃるようですけど」

「……今は、娘と共に二人で暮らしております」

「ご亭主はお亡くなりに？」

おそめさんは、言いにくそうに下を向いた。おいとさんは小さくため息をついた。

「まあいろいろとご事情はあるんでしょうね。言いにくいことならいいですよ、おっしゃらなくても。久兵衛さんがあたしに相談しろと言いなすったんなら、あなたさんのことも信用しているってことでしょうし。で、あたしで何かお役に立つことでもあるんですか」

「……煮売屋を……」

「煮売屋を？　あなたさんが煮売屋をやるんですか」

「できれば始めたいと」

「はあ。……まあそりゃ、女がひとりでも始められる商売ではありますけどねえ、儲《もう》けは少ないですよ。うちだって、振り売りしてくれるこの末吉さんに給金払ったら、あとは食べる分しか残りませんよ。あ、この子はね、知り合いから二ヶ月だけ預かってるんで、まともに雇ってやるだけの儲けはねえ、頑張ってはいるけど、煮売りってのは町人相手の、それも金持ちじゃない、長屋暮らしのみなさん相手の商売ですからね、高い値段をつけたりしたら誰も買わない。お武家の奥様が始めるんなら、もう少し割のいい商いにした方がよかないですか？」

「……元手がそれほどございません。それに、人を雇う仕事は……」

「料理には自信があるんですね？」

「……人並みには作れると思います」

「それで、ここで修業したいってことですか」

おそめさんはうなずいた。

「まあそりゃ……特に何を教えるってんでもなければ、手伝いをしてもらうくらいは構いませんけどね、ただ今も言ったように、人をまともに雇うだけの余裕はないんですよ」

「もちろん、お給金などはいただきません。ただ一緒に働かせていただければ」

「久兵衛長屋は壊れちゃったんですよね、おそめさん、娘さんがいるっておっしゃったけど、その娘さんと今はどこで？」

「大家さんの口利きで、同じ菊川のどんぶり長屋におります」

「どんぶり長屋！　あそこは人足が多い長屋で、母子二人で暮らせるようなとこじゃないでしょうに」

「雨露がしのげれば、それで充分です。それにみなさん、よくしてくださいます。今も娘のことは長屋のおかみさんがみてくれています」

おいとさんは、またため息をついた。

「危なかっしいねえ。あなたさんみたいな、いかにも世間知らずなご新造さんが、あんなとこで暮らすなんて。それで、娘さんはいくつなんです？」

「七つになります。わたくしが留守の間は、家のことをやってくれています」

おいとさんは、しばらく何か考えこんでいた。

「つまり」

やがてゆっくりと口を開く。

「ご実家には戻れない事情があるってことですね？」

おそめさんは小さくうなずいた。

「それで、女一人子供を育てていくのに、商売を始めたいと」

「……はい」

「煮売屋をやりたいと思うくらいだから、料理はお好きなんですね？」

「はい」

今度は顔を上げて、おそめさんははっきりと答えた。

「……わかりました。給金は払えないけど、娘さんとあなたさんの食べる分くらいは、ご飯でもおかずでも持って帰ってもらっていい、そういうことで良ければ……あ、ちょっと待って」

おいとさんは、おやすの方を向いた。

「おやす、あんたは子供、嫌いじゃないよね？」

「へえ。好きです」

「そうかい。だったらこうしよう。どんぶり長屋なんて、あんなとこにいるのは娘さんの為にもよくないから、二人でここに越してらっしゃい。久兵衛長屋が直るまでの間はここにいていいから。二階はあたしとおやすが使ってるけど、このあがり畳は夜は誰も使ってない、昼もこうしてみんなでご飯を食べる時に使うだけだから、あなたさんと娘さんの二人くらいなら充分でしょう。娘さんはどこかの手習いに通ってるの？」

「いいえ……手習いはわたくしが」

「手習いに行かせた方がいいね。ここにいてもらったって構わないけど、けっこう一日中忙しいからね、落ち着かないだろ。まあ久兵衛長屋も、ひと月かそこらで直るだろうから、多少の不便はあっても我慢してもらって。どう？　引っ越して来られる？」

「そんな……そんなことまでしていただいて、よろしいのでしょうか」

「別に、夜は使ってない畳で寝ていいって言ってるだけなんだから、そんなことまで、なんて言われるほどのことじゃないよ。給金は出せないけど、食べるのは存分に食べてもらっていいから。さ、そうと決まったら支度もあるだろうし、あまり遅くなると菊川まで歩くのも物騒だからね、そろそろお帰りなさいな」

「俺、送って行こうか」

「そうだね、末さん、そうしてくれるかい」

「そんな、ご迷惑を」

「迷惑なんかじゃねえですよ。菊川なら歩き慣れてるから」

「提灯《ちょうちん》持ってお行き」

おいとさんが言った。

「慣れた道なんで大丈夫です。まだ店もあちこち開いてるし」

「いいから、ほら」

おいとさんは末吉さんに提灯を持たせた。

「女の人はね、着物の裾《すそ》が絡むから足を取られやすいんだよ。あんたがこれで足元を照らしてやんなさい」

おそめさんは何度も頭を下げながら帰って行った。末吉さんも言い付けを守って、提灯で前を照らしている。その提灯のあかりが角を曲がって見えなくなるまで、やすはおいとさんと見送った。

「悪かったね、あんたがいるのに、他人を家に寝泊まりさせることになっちまって」

「いいえ、とんでもない。わたしは子供が大好きですし、それに女の子の七つなら、もう聞き分けもいいしお手伝いもできます。妹ができるようで楽しみです」

「武家の躾《しつけ》を受けてるんだろうから、きっと聞き分けのいい、役に立つ子供だろう。本当なら二階においてやりたいんだが」

「なら、わたしの部屋におそめさんとお子さんを」

「それはだめだよ。あんたは政さんから頼まれて預かってる人なんだ、そのあんたの部屋を、気の毒だからって見知らぬ他人に譲ってやれなんて、そんなこと言ったら政さんの顔が立たない。かと言って、あたしの部屋を譲るのも筋が違う。気の毒な人に同情するのは悪いことじゃないけど、同情が過ぎて出せないもんまで出しちまったら、後悔して、同情なんかしなけりゃよかった、ってことになるのさ。誰かを哀れんで何かしてやる時には、無理をしないこった。だけどあんな品のいい女の人を、どんぶり長屋なんかに住まわせてはおけないからね。どんぶり長屋ってのは、河岸人足やら木《き》場《ば》のその日雇いの男衆が住んでる長屋なんだよ。男やもめばかりで、みんなどんぶりと箸しか持ってないからどんぶり長屋さ」

おいとさんは笑った。

「まあ今は、颶風やら火事やらで焼け出された人たちも当座しのぎに入ってるんだろうから、女の人も多いのかもしれないけどね、それでも武家の奥方が住むようなところじゃないよ。いくら落ちぶれたとしても、おそめさんみたいな人が長く耐えられるとは思えない。それに物騒だからね、ああいうとこは。あんな品のいい綺麗な女が娘と二人で暮らしてるなんて、間違った了見の男が押し入って手籠《てご》めにされないとも限らない。久兵衛長屋のように大家がしっかりしてて、家族持ちが多くておかみさん連中の目も届くなら心配はいらないが」

「ご亭主は亡くなられたのでしょうか」

「さあねえ、どうもそのあたりのことは言いたくなさそうだったね。死んだんなら死んだと言うだろうし、もしかすると離縁されたのかもしれないね。だけど武家だったら、子供を連れて出て行くなんて許さないだろうけどねえ。女の子だって武家にとっては、他の家と縁組する時の大事な駒《こま》だろうし、場合によっては婿《むこ》をとることもできるわけだし。何か相当な訳ありなんじゃないかね。ま、本人が言いたくないことは聞かないのが一番さ。おやす、明日からはあんたが、あのおそめさんにいろいろ教えてやっておくれ」

「へえ」

「煮売屋がやりたいなんて、どこまで本気かはわからないけど、もし本気だとしたら、武家を捨てて町人になろうとしてるんだから、相当な理由があるんだろうさ。あたしも亭主に先立たれて野垂れ死に手前までおちたことのある身だからね、その時に他人の情けでなんとか生き延びることができたんだ。まあこれも何かの縁、できる範囲で手を貸してやるのも、功徳《くどく》さね」

「おそめさん、おいくつくらいなんでしょうね」

「うーん、武家の女ってのは本当の歳《とし》より上に見えるからねえ、娘が七つってことは、まあ三十路《みそじ》には届いていないだろうね」

ふと、おあつさんの笑顔がやすの脳裏に浮かんだ。

おあつさん……おあつさまは、お元気でお過ごしだろうか。このお江戸のどこで暮らしておられるのだろう。嫁いだらもう好きに外に出ることも、故郷に帰ることもできないのだとおっしゃっていたけれど。

七　おゆきちゃん

翌朝、朝餉《あさげ》を食べ終えた頃《ころ》におそめさんは娘さんを連れて勝手口に現れた。七つという歳《とし》には少し小柄だが、とても愛らしい顔立ちの娘さんだった。

「ゆき、と申します。よろしくお願いいたします」

きちんと手を揃《そろ》えて頭を下げる。姿勢もぴしりとしていて、なるほど、武家の躾《しつけ》を受けているとはこういうことか、と感心した。

おそめさんの荷物は、背負った行李《こうり》一つだった。おゆきちゃんも背中に自分の行李を背負っていた。

二人の持ち物は、これだけなのだろうか。

昨日の話からは、煮売屋を開くくらいの元手は持っていると思えたのだが、その虎《とら》の子《こ》を大事に守って、暮らしはとことん質素にしているのかもしれない。

おいとさんはおゆきちゃんを連れて、近くの手習い所《どころ》に向かった。手習いにかかるお金は給金の代わりだから、というおいとさんの言葉に、おそめさんは目に涙を浮かべて頭を下げていた。やすは、手ぬぐいをおそめさんに手渡して頭に巻いてもらい、ついでに襷《たすき》でおそめさんの両袖《りようそで》をたくし上げた。とても上等な絹の小紋で、もっと気楽な着物になさいませんか、と言いかけた言葉をやすは呑《の》み込んだ。行李一つしか荷物がないということは、着物もせいぜい、あと一枚。おそらく今着ているものの方がまだしも働くのに向いているのだろう。

この頃はお武家様でも長屋暮らしは珍しくない。以前はご浪人様とそのご家族でもなければ長屋などでは暮らさなかったのだろうが、近頃は借金がかさんで家屋敷を取られ、長屋に移り住むお武家様も少なくないと聞いている。お上の目が届かないところで、やたらと高い利子で金を貸す銭貸しが増えたのだ。刀を質入れしたままうけ出すことができずに、竹みつをさしているお武家様も多い。黒船以来、世の中のたががが外れてしまったように思える。儲《もう》けている者はどんどん肥え太り、貧しくなる者は際限なく貧しくなる。

だが、おそめさんの場合は、ご亭主が没落したわけではなく、離縁されたことで長屋暮らしを余儀なくされているのだろう。婚家から出る時に、本当に身の回りの物しか持ち出すことができなかったのだ。

「では、そこにある蓮根《れんこん》と芋を洗っていただけますか。井戸は裏庭にあります」

「はい。あの、おやす様」

「は、はい」

「わたくしは教えを受ける側でございます。どうかわたくしに対しては、丁寧な物言いなどなさらずにお願いいたします」

「あ、はい、でも」

やすは困って言った。

「わたしはもともとお勝手女中で、歳も若いので、どなたに対してもいつもこんな物言いなのです。そ、それに、様、と付けていただけるような身分ではございません」

やすは思わず頭を下げた。

「申し訳ありません。わたしのことは、おやす、とお呼びください。それに丁寧な物言いも、きちんと言葉遣いを習ったわけではないので、多分にいい加減なのです。どうかお気になさらずにお願いいたします」

「はい。では、おやすさん、と呼ばせていただきます」

「おいおい、お互い慣れて親しくなれば、もう少し軽くお話できるようになると思います」

「そうですね」

おそめさんはにっこりした。

「少しずつ、仲良しになれるといいですね」

おそめさんはとても手際が良く、やすが頼んだ仕事をみな、驚くほどの速さでこなしてしまった。おいとさんが戻って来た頃には、やすとおそめさんとは二人並んで煮物を作り、昔から一緒に働いていたように息も合っていた。

末吉《すえきち》さんが一度目の振り売りに出かけると、おいとさんはおそめさんに、仕入れのことや献立のこと、値段のことなどを教え始めた。やすは次の料理の支度をしつつ、昼餉《ひるげ》の用意も始める。

「おゆきちゃんも、昼餉には戻りますよね」

「ああそうだね、戻って来るよ」

「おそめさん、おゆきちゃんは何か、食べられないものがありますか」

「いいえ、なんでもいただきます」

「売り物にならなかった煮魚と、茄子《なす》のお漬物でよろしいでしょうか」

「そんな、わたくしたちは漬物だけで結構でございます。お魚だなんて、そんな」

「ばかなこと言ったらだめですよ」

おいとさんが言った。

「親はいいよ、親は。けど子供にはちゃんと、魚も食べさせないといけませんよ。おゆきちゃん、ちょっと瘦《や》せてるんじゃないかい？　ここにいる間はね、とにかくお腹《なか》だけはいつもいっぱいにしてあげなさいよ。魚も野菜も、卵だって、食べるだけならいくら食べてもいいんだからね。おそめさんにどんな事情があるとしても、おゆきちゃんは別ですよ。あの子はひもじい思いなんかしたらいけない。子供ってのは、食べて寝て遊んで笑って、それで立派に育つもんなんだ。お武家の躾がどんなものかあたしにはわからないが、親が食べるのを遠慮するのは勝手だけど、子供にはちゃんと食べさせる、それが親の道理ってもんですよ、それはお武家だろうとあたしら町人だろうと変わらないと思うけどね」

「……はい」

「おそめさん、言いにくそうだからあんたさんの事情は今は聞かない。でもね、ここに来たからにはあたしの流儀が第一です。まずは、おゆきちゃんには我慢させ過ぎないこと。あまり我慢ばかりさせていると、子供ってのは縮こまってひねくれる。もちろん我儘《わがまま》放題もいけないが、少しは子供らしくさせてやりなさいよ。そして無用な遠慮はしないこと。あたしらが食べる時は同じものを食べて、あたしらが笑ってたらあんたさんも笑う。そうしてもらわないと、あたしらが居心地悪くなっちまうからね」

「はい。……本当に、本当にありがとうございます」

「ああ、それもなしにしましょう。お礼なんてのは一度でたくさん。こっちは給金も出さないで働いてもらうんだから。布団は余ってるし、三度のご飯だって特別に作るわけじゃない。三人分でも五人分でも、商売もんの余りを食べるんだからたいして費用が余計にかかるわけでもない。おゆきちゃんの手習いのお金なんか、気にしてもらうほどのもんでもない。手習いってのはあたしら町人の子供たちが通うとこだから、お金も払えるだけでいいんだし。おゆきちゃんを連れてった手習い所は、漢方医の奥さんがやってらしてね、とってもいい先生だと評判なんだけど、お金をいくらくら払えとは言わないし、催促もなさらない。払えるだけ払える時に払えばいいと言ってくださるの。つまりね、おそめさんとおゆきちゃんにここで暮らしてもらったって、あたしはちっとも損しないんだよ。お礼はおしまい、遠慮もしないで、とにかくこの商売を覚えることだけ考えて働いておくれな。わかったかい？」

「はい」

末吉さんが戻って来るのとほとんど一緒に、おゆきちゃんも手習いから帰って来た。とても楽しかったらしく、昼餉を食べたらまた行くと言う。

「ゆきはあらかた字が読めるので、お師匠《ししょう》様が、それでは書物を使ってお習字をしましょうと、庭訓往来《ていきんおうらい》というご本を貸してくださいました。なのでそれを毎日、書き写すことにいたしました」

おゆきちゃんは、誇らしげに言う。

「それでは紙を多めに持って行かなくてはいけませんね。おいとさん、この近くで紙が買えるお店はありますでしょうか」

「紙屋ならあるけど、紙もいい値段だからね、もったいないから、うちにあるのを持ってったらいいよ。あとで探しといてあげる。この店を開いた時に、思いきって引札《ひきふだ》を作ったんだよ。まだ末さんがいなかったんで、自分で振り売りして歩くしかなくてね、歩きながら引札を配って、なんとかお馴染《なじ》みさんになってもらおうって。引札屋が安くしてくれるって言うから二百枚も刷ったんだけど、半分もまかなかった。すぐにお馴染みさんが増えて、売り切れるようになったからね」

「おいとさんの料理が美味《おい》しかったからですね」

やすの言葉に、おいとさんは少し照れて言った。

「もちろんさ。味なら負けないって思ってたんだ。でもお江戸には煮売屋が掃《は》いて捨てるほどあるしね、味には自信があったけど、商売敵に勝てるかどうか、心配だったのさ」

「お師匠様が、ゆきさんは将来、どんなことをしたいのですか、とお訊《き》きになられました」

おゆきちゃんが、昼餉の最中に言った。

「ゆきはなんと答えたのですか」

おそめさんが訊く。おゆきちゃんは嬉《うれ》しそうに答えた。

「はい、母上様が商いを始めようとされているので、そのお手伝いがしたいですと答えました。すると、それならば商いのことが学べる本があるので、庭訓往来を修めたら、それを読みましょう、とおっしゃいました」

「商売往来だね。あたしも読んだよ」

「本当ですか？」

「ああ。あたしは嫁に来る前に田舎《いなか》の手習い所で、簡単な字の読み書きくらいしかやってなくてね、亭主が死んで女中になってから、番頭さんの手ほどきで女中の心得やらなんやら、教わったんだ。それで難しい字もだいぶ読めるようになった。煮売屋を始めようと思った時に、商いのことを学びたいと、手習い所に通うようになった。集まって来る子供たちの母親くらいのあたしが手習いをやってるのを見て、笑ったりはやしたりする子もいたけどね、そんなのは気にならなかった。ちゃんと学んでから商いを始めたから、失敗せずになんとかやっていられるんだと今でも思ってる。学びは大事だよ。女の子だって、何か学んでおいて損なことはない」

「わたくしも迷っておりました。ゆきにどんなことを教えればいいのか……文字の読み書きはそれなりに教えておりましたが、わたくし自身は武家の娘として必要なことしか学んでおりません。武家の女は、まずは礼儀作法、それから習字、茶の湯や香道など、そして薙刀《なぎなた》。家のことで習うのはせいぜい縫い物くらいです。生きる為《ため》に必要なことを学ぶのではなく、将来嫁いで武家の嫁として恥ずかしくないものを身につける、という考え方なのです。書物は物語などにとどめ、論語《ろんご》など読みたいと口にすれば生意気だとたしなめられます。料理も掃除も実家では習いませんでした。嫁いだのちに、屋敷の女中さんに包丁の持ち方を教わったのです。嫁ぎ先によっては料理や掃除などを奥方がすること自体を厭《いと》う場合もあるのです。けれどゆきはわたくしとは立場が違います。わたくしが町人として生きると決めた以上、ゆきもまた、武家の娘ではなく、町人の娘として生きていくことになります」

「おゆきちゃんが将来、何になるにしたって、いろんなことを知ってれば知ってるだけ、なれるものが多くなる。あれこれ悩まないで、とにかくおゆきちゃんが楽しんで学べるものをなんでも学ばせてやればいいじゃないか」

「そうですね。ゆきの将来は、まだ何も決まっていないんですね」

おそめさんの顔が明るくなった。

「ゆきはこれから、やりたいことをやってなりたいものになれる。そうなんですね」

「ま、それほどお気楽なもんでもないけどね、町人ってのは。何よりまず、おぜぜがね」

おいとさんは、からかうような顔をして見せた。

「お武家は家柄だとか武士の誇りだとか、いろんなものを盾にして自分を守れるんだろうけど、町人は銭、とにかく銭がないとどうにもならない。やりたいことがあっても銭が足りないとできないし、なりたいものがあっても、銭がなければなれないものばっかりで。だからあたしらは、必死に働いて銭を貯《た》める。あさましいと思われても、それが一番強いのよ。あんまり子供にこういう話は聞かせたくないんだけどねえ」

「ゆきは大丈夫です、おいとさん」

おゆきちゃんは健気《けなげ》に言った。

「おぜぜの大切さは、ゆきにもわかります。できればゆきもおいとさんのように、働いておぜぜを貯めて、母上様に楽をしていただきたいです」

「ゆき、あなたはそんなことは考えなくていいんですよ。わたくしは、ゆきと二人で暮らせるだけで充分なのです。それにいつもゆきがお手伝いしてくれるから、わたくしはとても楽をしています」

「まあいいじゃないの、おそめさん。おゆきちゃんがこう言ってくれるんだから、頼もしい限りだよ。男の子なら当たり前でも、女の子がきっぱりとおぜぜを貯めたいと口にするなんて、おゆきちゃんはいい根性をしている。あたしゃ悪いことじゃないと思うよ。女だって銭の大切さを知ってることは、大事なことさ。ねえおやす、あんたもちっとはおゆきちゃんを見習わないといけないね」

「へ、へえ」

「おやすは素直で本当にいい娘だけれど、あまりにも欲がないってのは、女がひとりで生きていく上では心配さ」

「おやすさんは、お嫁にはいかれないのですか」

おゆきちゃんがやすの顔を見上げて、不思議そうな表情になった。

「わからないけど、たぶん、いかないと思うの」

「なぜですか」

「……おゆきちゃんはお嫁に行きたい？」

「いいえ」

おゆきちゃんは、はっきりと言った。

「ゆきはお嫁には参りません」

「ゆき、そんなこと」

おそめさんが顔をしかめたが、おゆきちゃんは平然としている。

「ゆきは、母上様とずっと暮らしとうございます」

「わたしもおんなじ」

やすは言った。

「わたしも、わたしの大好きな人たちと、いつまでも一緒に働いていたいの。だから
お嫁にはいきたくないのよ」

「おいとさんとずっと一緒に？」

「ああ、それならいいんだけど」

おいとさんが笑った。

「おゆきちゃん、残念だけどおやす姉さんがいつまでも一緒に働きたいのはあたしじゃないんだよ。本当に悔しいねえ。あたしは年が明けてもおやすを品川《しながわ》に帰したくないよ。ねえおやす、あんたずっとここにいてくれないかい？　紅屋《くれないや》には政《まさ》さんがいるんだから、いいじゃないか」

「おやすさんは、品川からいらしたのですか」

おそめさんが訊いたので、やすはうなずいた。

「へえ、品川の紅屋という旅籠《はたご》で、お勝手女中をしています。颶風《ぐふう》の高潮で紅屋も水に浸《つ》かり、壁が落ちたり柱が傾いたりと大変なことになってしまいました。それでも使える部屋だけで旅籠を続けていたんですが、ようやく大工の手配がついて木材も手に入り、建て直しができることになりました。けれど今年中はその普請の為に旅籠ができません。二ヶ月もすることがないのでは腕も鈍《なま》ります。それで年内は、ここで働かせてもらっています」

「おやすさんは、品川の生まれなのですか」

「いえ、神奈川《かながわ》の漁師の家に生まれました」

「……神奈川の……あの」

おそめさんは、まじまじとやすを見ていた。

「お母上様のお名前は？」

「せい、と言ったようです。わたしを産んでから産後の肥だちが悪く、すぐに亡くなったそうです。父は後添えをもらい、弟も生まれたのですが、その義理の母も早くに亡くなってしまいました。とても優しい人でした。生みの母のことは、もちろん何一つ憶《おぼ》えていません。わたしにとっては、弟の母のことが懐かしい母上様なのです」

「お父上様はご健在なのですか」

「……おそらく」

やすは言って、下を向いた。

「八つの頃に別れたきりで」

やすの様子に、おそめさんははっとした。

「ごめんなさい、余計なことを聞いてしまいました。……実は、昨日おやすさんと初めてお会いした時から思っていたことなのですが……昔存じ上げていた方に、とてもよく似ていらっしゃるように思えたのです。今もこうしてお顔を見ていると、やはり似ていると思います。けれど、他人の空似なのでしょう。その方のお名前は、せい様ではありませんし、神奈川の漁師の家とも縁はないと思うので」

「わたしと似ている方がこの世にいらっしゃるんですね」

やすは不思議な気持ちになっていた。

「わたしは生みの母の顔を知りません。父もわたしの母のことは何も話してくれませんでしたし、形見の品のようなものも何一つないのです。それでも、義理の母が本当に優しい人でしたので、母の思い出は充分にいただいております。むしろ本当の子供なのに、弟はあまりに幼い時に母を亡くしたので、母の思い出を何一つ憶えていないだろうことが不憫《ふびん》でした」

やすは下を向きかけていた顔を上げた。

「……この世の中に、わたしに顔の似ている方がいらっしゃると知って、少し嬉しいです。もしかしたら……遠い遠い、遠い縁だとしても、どこかで血が繋《つな》がっているのかもしれませんね」

昼餉が終わり、おゆきちゃんは元気よく、また手習い所へと戻って行った。

二度目の振り売りに末吉さんが出かけてしまうと、おいとさんはいつものようにお茶をいれた。

「働き者がもう一人増えて、こうやって休んでるあたしばかりが怠け者みたいじゃないか。あんた達も、お茶をおあがり。何かお菓子でも出そうか」

「ついさっき昼餉をいただいたばかりですよ。まだお腹がふくれています」

やすは笑った。

「お菓子は八《や》つ時まで我慢いたしましょう」

「おやそうかい？　あたしなんか、甘いものは別腹だけどねえ」

それでもやすとおそめさんは、おいとさんと共にあがり畳に腰をおろした。

「さっきの話だけどね、その、おやすにそっくりな人ってのは、本当におやすの親戚《しんせき》じゃないのかい？」

「そうだとしてもまったく不思議ではないほど似ていらっしゃるのですが……」

「漁師とは縁がないだろうってことは、その人もお武家の方かい」

おそめさんはうなずいた。

「わたくしが七、八歳の頃に、父に連れられて父の友人である、藩の勘定方をなさっている方のお屋敷に行ったことがございました」

どこの何藩か、とは、おいとさんもやすも訊かなかった。おそめさんの身の上が、どうやらただならぬものらしいことは、なんとなく察しがついていた。

「そこのお嬢様……楓《かえで》様とおっしゃいましたが、その方がおやすさんに本当によく似ていらっしゃるのです。その頃で、楓様は十八か十九でいらしたと思います」

「だいたい今のおやすと同じ年頃だね」

「とても優しい方で、それから何度かお屋敷にお邪魔して可愛《かわい》がっていただきました。お嫁入りが近いとのことで、簪《かんざし》やら帯やら、娘の年頃でなければ身につけられない柄や色のものなど、たくさんいただいて。あれはもう……二十年近く前になります。でも楓様のお顔やお声は、わたくしの心にずっと残っております」

「まあそうなんだろうけど、でも二十年前のことだと、おそめさんの頭の中でその楓様のお顔はどんどん変わってしまったかもしれないねえ。それで、その頃の楓様と同じ年頃のおやすを見て、そっくりだと思ってしまったのかも」

「……そうかもしれません。楓様にお会いしたい、という気持ちが、おやすさんを楓様にそっくりだと思わせてしまったのかも」

「遠くに嫁がれたのかい。それから一度もお会いしていないのかい」

「随分あとになって、楓様がお殿様のご側室になられたと知りました。お城に上がられてしまえば、城下の者と顔を合わせることなどほとんどなくなりますから……」

「あれま、ご側室様に！」

「勘定方の娘がご側室に上がられるということは、滅多にないことなのだそうです。噂《うわさ》では、どこぞでお殿様のお目にとまって、直々のお話だったのではないかと」

おいとさんは、しばらく黙っていたが、やがて笑い出した。

「ああごめんなさい、楓様のことを笑ったわけじゃありませんよ、だから気を悪くしないでね。でもねえ、大名の側室になられた方は、やっぱり神奈川の漁師とは縁がなさそうだと思ってね。おやす、残念だけどその人は、あんたの親戚じゃなさそうだね」

「へえ」

やすも笑った。

「他人様でもそんなに似ているということがあるんですねえ」

「さっきも言ったけど、そっくりだと思い込んでてもさ、いざ横に並んでみたらひとっつも似てない、なんてことはよくあることだよ。それだけ、おそめさんは楓様のことが大好きで、もう一度お会いしたいと切に願っていた、ってことだね」

「はい、わたくしもそう思います。でも、おやすさんを見ているととても優しい気持ちになれるので、おやすさんにお会いできてよかった」

「わたしの顔なんかでそう言っていただけて、わたしもなんだかすごく嬉しいです」

「生まれ落ちたところがちょっと違ってたら、おやすの顔でもお殿様のご側室様になれるんだとわかっただけでも、得したじゃないか」

「へえ。子供の頃は、不器量だと心配されておりましたから」

「あらそうなのかい。あんたは充分、器量良しだと思うけどね。でも見た目よりも、あんたは中身がもっと美人さんだよ。素直で働き者で頭も良くって、料理の腕もある。楓様とは違う一生でも、あんたは負けないくらい幸せになれるよ」

おいとさんにそう言われて、やすは嬉しかった。と同時に、今では四十の手前ほどになっているだろう楓様は、お幸せにお暮らしなのだろうか、と考えた。お殿様のご側室様なら、もちろん幸せにお暮らしなのだろう。もしかしたら後継《あとつぎ》様を授かっていらっしゃるかもしれない。

本当に自分に似ているのか、それともおそめさんの思いこみなのかはわからないけれど、少しでも自分と似た人であるならば、どうかお幸せにお暮らしください、と、やすは心の中で祈った。

八　甲州街道

やすが江戸深川《ふかがわ》の煮売屋、『さいや　いと』に来てからひと月近くが過ぎた。訳ありらしい元武家の妻女、おそめさんとおゆきちゃんの母子《おやこ》もすっかり新しい生活に慣れ、おそめさんはもはや、店になくてはならない人になっている。もともと手先が器用なのだろう、おそめさんは瞬《また》く間に料理の腕を上げ、その上、漢字がすらすらと読めるので、おいとさんが持て余していた難しい料理書や薬草の本などを読んでは、その内容をわかりやすく教えてくれる。ついでにおそめさんは、やすに漢字も教えてくれている。おゆきちゃんは、手習い所《どころ》で借りた本を端から読み終え、手習い所の先生が舌を巻いているらしい。本当に利発な子だった。

毎日が楽しくて、やすは日々があっという間に過ぎ去ってしまうのが惜しい気持ちでいた。もちろん紅屋《くれないや》には帰りたい。政《まさ》さんや平蔵《へいぞう》さんとまた料理がしたい。けれど江戸での生活も本当に楽しい。こんなに良いことばかりではそのうちに罰が当たる、と、内心怖いほどだった。

ただ、心配なこともあった。

まずは日本橋《にほんばし》のお小夜《さよ》さまのこと。ご懐妊されたという話はご亭主の清兵衛《せいべえ》さまから聞いているが、その後のことがわからない。便りがないのは良い便りなどと言うから、おそらく何も問題はないのだろう。けれど悪阻《つわり》はどうなのだろう。悪阻がひどくてお痩《や》せになってなどいないだろうか。

そしてもう一人、八王子《はちおうじ》にいるおちよちゃん。

ちよに会いに行っておやり、と、おしげさんに言われているのに、その機会がない。もちろん事情を話せばおいとさんはお休みをくれるだろうけれど、なんだか申し訳なくて言い出せなかった。八王子までは、朝出れば日が暮れるまでには着けるだろうが、泊まらずに夜道を戻るのは無理かもしれない。泊まりがけで行かせて欲しいとは、どうしても言い出せなかった。

おいと揚げは評判になって、今では他の惣菜《そうざい》を作る数を減らさないと料理が間に合わないくらい売れている。末吉《すえきち》さんが、出かけたと思ったら驚くほど早く桶《おけ》を空にして戻って来るので、おいとさんもちょっと困り顔だった。

「振り売りの売り子をもう一人雇った方がいいのかねえ」

おいとさんは、昼前に二度目の振り売りに出かけた末吉さんを見送ってからため息をついた。

「あんなに早く売り切れになっちまったら、ちょっと遠いあたりのお馴染《なじ》みさんのところまで届けられやしない。せっかく、少しずつ売り歩く町を増やしてお馴染みさんが出来たのに、もったいないよねえ」

「わたくし、振り売りをいたします」

おそめさんが言った。

「女にも出来ないことはありませんよね？」

「そりゃ、店を始めた当初はあたしが売り歩いてたんだから、女にも出来ないことはないけど、でも担いでみたらわかるけれど、桶にぎっしり惣菜を詰めたらあの天秤棒《てんびんぼう》は相当重たいんだよ。まっすぐ歩くだけでも大変だよ」

「こう見えても、薙刀《なぎなた》で鍛えております」

おそめさんは言い張った。

「どうかやらせてくださいまし。いつか自分で煮売屋を開くことになったら、人を雇う余裕ができるまでは自分で振り売りをする覚悟です。なので今のうちからいろいろおぼえておきたいのです」

「そうかい……ま、あたしにも出来たんだからおそめさんに出来ないってこともないだろうね。でも末さんと同じようにやろうとしたら駄目だよ、あの人は力自慢なんだから。慣れるまではほんの少しでいいからね、一日に一度だけ、歩いてくれるかい」

「はい！」

やすは、よほど、わたしが行きます、と口を挟みそうになったがそれを堪《こら》えた。おそめさんはやってみたいのだ。いずれ夢が叶《かな》って自分の煮売屋を持つことになった時に、振り売りが出来るかどうか試してみたいのだ。

上品で華奢《きゃしゃ》で、天秤棒を担ぐなんてとても出来そうにない人だけれど、その意志は固い。武家の妻であることをやめて町人として生きようと決めた時から、刻一刻とおそめさんは強く逞《たくま》しくなっているのだろう。

その日の夕刻から、日に一度、おそめさんも振り売りに歩くようになった。そして手習い所から戻ったおゆきちゃんが、母親について一緒に振り売りに出た。おゆきちゃんの思いつきで、おいと揚げの幟《のぼり》の他に風車を一つ、天秤棒に飾った。すぐに母娘の振り売りは評判になり、風車を目印にわざわざ遠くからおそめさん達が歩く道まで出て来て買ってくれる人も現れるようになった。

紅葉《もみじ》も散り、水仕事が辛《つら》い季節がやって来た。颶風《ぐふう》によって壊された長屋や家屋の修理が一気に進んで、江戸の町は以前のような賑《にぎ》わいを取り戻しつつあった。おそめさんとおゆきちゃんも、建て直された菊川《きくかわ》の長屋にまた住めることになった。それでもまだおぼえることがたくさんあるから、と、おそめさんは毎日通って来た。おいとさんは、いりません、いただけませんと首を横に振り続けるおそめさんの手に、給金をねじこんだ。

「断られるほどの額じゃないんだから、さっさとしまってちょうだい。これからは家賃を払わないとならないんだよ、貰《もら》える銭は貰っとくもんだ」

末吉さんやおそめさんたちが振り売りに出かけ、やすは後片付けと夕餉《ゆうげ》の支度を始めた。おいとさんはいつものように、まずはお茶をいれてひと休みする。

「だけどもう、そろそろあの人たちともお別れだねぇ」

おいとさんは寂しそうに言った。

「煮売屋を開くのに必要なことは、もうみんな教えちまった。おそめさんの料理の腕も見違えるほど上がった。もう大丈夫だよ、充分、やっていけるよ。始めるんなら師走《しわす》はいい時だよ。どこの家も忙しくなって、買ったもので手軽にご飯を済ませるようになるからね」

師走まではもう半月もない。

「そんなに急に……」

おそめさんやおゆきちゃんとの別れを思うと、やすは泣き出しそうだった。

「そんな顔しなさんな。どこで煮売屋をするにしたってこのお江戸の中じゃないか。町人になったとはいえ、おそめさんにはまだ武家女の風情《ふぜい》がある。あんな人が箱根《はこね》の関を抜けられやしないよ。広い広いったってお江戸の中にいるんなら、会いたいと思えば会えるじゃないか」

「そうですね。でもわたしは、お江戸暮らしも年内でおしまいです」

「ああ、そうだったねえ。あたしにゃそっちの方が辛いよ。おやす、あんたお江戸で暮らす気はないのかい？　その気があるんだったら二階に手を入れて、あんたの為《ため》にもっといい部屋を作ってあげるんだけどねえ」

やすは嬉《うれ》しいのと寂しいのとで、泣き笑いになりながら言った。

「ごめんなさい。でもわたしは、品川《しながわ》に帰ります。紅屋で働くことが、わたしの生きる道だと思っています」

おいとさんは、大きなため息をついた。

「もったいないねえ。あんたみたいな娘なら、嫁に欲しい男はこのお江戸にもたくさんいるだろうよ。長屋住まいの貧乏人じゃなくてさ、もっといいところの若旦那《わかだんな》なんかでも充分、あんただったら気に入られるよ。なのに嫁にいく気がまったくないなんて。変な意味じゃないけどさ、男と暮らすってのもそう悪いもんじゃないんだよ。まあ男ってのは政さんみたいなのを除いたら米ひとつ研げないし、自分のふんどしだってちゃんと洗えないからね、手間がかかるのは間違いない。だけどいざって時にはやっぱり頼りになると思うこともあるからね。……こうやって女一人で商いをしてみると、それが身に染みてわかるのよ。末さんをここに雇ったのだって、女一人でいるよりは男が出入りしている方が少しは安心だからだし」

「深川のように人の多いところでも、やはり物騒なことはあるんですか」

「そりゃあるわよ。煮売屋なんか小銭しか持ってやしないとわかってたって、その小銭欲しさに押し入る奴《やつ》らもいるだろうし、そこまでじゃなくても、何かと因縁《いんねん》つけて脅して銭をせびろうって輩《やから》もいるからね。末さんが来るまでは自分で振り売りに歩いていたけど、売り切って帰る途中であとをつけられてね、ここの戸を開けた途端に中に突き飛ばされて、桶の中に入れてあった売り上げを盗《と》られちまったこともあった。そいつが逃げる背中に向かって、泥棒って叫んでやったから、近所の男衆が取り押さえてくれたけど」

やすは背中に走った震えをこらえた。

「まだ日も暮れ切らないうちからそんな大胆なことをやらかしたんだから、よっぽど金に困っていたんだろうけどね、こっちだって売り上げをとられちまったら生きていかれない。男衆がそいつを番屋に引っ立てて行く時にちらっと顔を見たら、あまり悪そうな顔じゃなくてね、なんだか気の毒になっちまったけど」

「島流しになったんでしょうか」

「さあ……」

おいとさんは、頭《かぶり》を振った。

「あの程度のことで小伝馬町《こでんまちよう》には送られなかったと思うけどね、牢屋敷《ろうやしき》がどんなとこかあたしゃ知らないけど、金のない囚人はなぶり殺されることもあるって噂《うわさ》だよ。もし食べるもんがなくてひもじかったなら、金を盗もうなんてしないで、何か食べさせてくれと頼めばよかったのに。深川の女は情にもろいんだよ、ひもじいと言われたら米だって漬物だって食べさせてやったのに。ま、そんなことがあって、昔から知ってる末さんが河岸《かし》人足してるって知って、それよりは少しは振り売りの方がましじゃないかいって誘ったのよ。人足ほど給金は出せないけど、ずっと仕事は楽だし怪我《けが》もしないし、恋しいひとの親にも、商売を手伝ってる方が受けがいいしね。高潮に河岸をやられて人足仕事も減っちまって、末さんも困ってるとこだったからさ、煮売屋なんてもん女の商いじゃないかって渋ってはいたけど背に腹は代えられないよね。幸い、けっこう振り売りの仕事が気に入ってくれてるようでほっとしてんの」

「煮売屋を開くのも大変なことなんですね」

「簡単な商売に見えるだろうけど、どんなに小さな商いだってお金のやりとりがあるわけだからね、世の中が悪くなればそのお金に困る人も増えて、商いやってりゃ巻きこまれることもある。おそめさん達も女と子供の二人暮らしじゃ、少し心配だねえ。でもそこまで心配してたら何もできやしない。あの人たちは町人として生きると覚悟を決めてるんだから、やるしかないよね。町人ってのは、とにかく働かないと食べられない、そういうもんだからね。だけどおゆきちゃんは、手習い所の先生の話だと、とにかくよくできるらしいのよ。母親を手伝って煮売屋をやって生きていくのも悪くはないだろうけど、なんだかもったいない気もするよね。あれが男の子だったら、塾にでも入れて、なんとか仕官先を見つけてってことになるんだろうけど」

そう言ってから、おいとさんは肩をすくめた。

「ま、男の子だったら嫁ぎ先が手放しはしなかっただろうけどね。お武家では、離縁される時に子供を連れて出られる人はほとんどいないと聞いたことがあるよ。おゆきちゃんと引き離されなかっただけ、おそめさんは運が良かったのかもね。ところでね、おやす」

「へえ」

「あんた、八王子に行きたいんだって？」

「え？」

やすは驚いた。八王子のことはおいとさんに言った覚えがないし、おそめさんにも話していない。

「あの、それは……」

おいとさんは、ニヤッとした。

「嫌だねえ、水くさい。なんだってあたしにちゃんと言わないのさ」

「い、いいえ、でも」

おいとさんは、袂《たもと》から何か取り出した。文《ふみ》のようだった。

「紅屋のおしげさんから来たんだよ」

「おしげさんから！」

「あの人には一度、逢《あ》ったことがあるよ。おくまさんを訪ねたついでに、政さんが元気にやってるのかちょっと気になって紅屋まで行ったことがあってね、客でもないのにおしげさんが座敷にあげてくれて、よくしてくれた。凛《りん》としたいい女だよね、あの人は。女中頭にあの人がいるから、紅屋の座敷はあんなに綺麗《きれい》で、女中さん達の物腰も丁寧で品がいいんだね。そのおしげさんがわざわざ文をくれたんだよ、あたしに。それだけあんたのことが心配なんだろうね。あんた、あの人にも可愛《かわい》がられてるんだね」

「へ、へえ……本当に良くしてもらっています」

「あんたが元気にやってるかどうか、迷惑はかけていないかってね、迷惑どころか、あたしはあんたを品川に返したくないんだけど」

おいとさんは、はは、と笑った。

「まるであんたのおっかさんみたいな書き方だよ。あんたと離れて寂しいのはあの人の方らしいね。まあそれはいいとして、でね、実はあんたに、八王子に行ってもらいたい用があるんだって？　文によればあんたもそれは承知しているって」

「へ、へい」

「師走に入ると忙しいだろうから、その前に、二日ほどあんたに休みをやってくれないか、って書いてあるよ。なんでも紅屋の番頭さんは八王子の出なんだって？　日にちが決まればその番頭さんが途中まで迎えに来てくれるってさ。どうするの、あんた、八王子に行きたいのかい？」

「へ、へえ！」

思わず力いっぱい返事をしてしまい、おいとさんにまた笑われた。

「しょうがない子だねえ、まったく。なんで早くそのことを言わないんだい。おしげさんがわざわざ文に書いて来るくらいだから、大事な用なんじゃないのかい？　おそめさんがいてくれるんだから、二日ばかりあんたがいなくたって、商いに困ることもないのにね。わかったよ、だったらいつにするか決めて返事を出すよ」

「飛脚代はわたしが」

「そんなつまらないこと気にしなくていいよ。品川に行くついでのある者なんか、江戸にはいくらでもいるよ。明後日《あさって》寄り合いがあるからそこに持ってって、品川まで行く誰《だれ》かに託《ことづ》けてもらうよ。さて、いつがいいかねえ」

❖

やすが八王子に向けて深川を出発したのは、師走が数日先に迫るよく晴れた朝方だった。一番鶏《いちばんどり》が鳴く頃《ころ》には支度を終え、おいとさんが作ってくれた二人分の弁当を背負って通りに出た。番頭さんとは内藤新宿《ないとうしんじゅく》の、こまやという茶屋で待ち合わせている。やすはもちろん内藤新宿に行ったことなどない。話に聞けば、たいそう賑わいのある花街らしい。だが八つの頃から品川にいるやすは、花街と聞いても特に不安も抱かなかった。花街が花街らしくなるのは日暮れからで、お日さまが高い間はなんということもないと知っている。

深川から日本橋までは一里もない。大川《おおかわ》を渡ればすぐだった。せっかく日本橋に来たのにお小夜さまのところに寄らずに過ぎるのは、なんだかとても後ろめたい。あとでお小夜さまが知ったら、きっと大騒ぎなさるだろう。ひどいわ、あんちゃんたら、日本橋まで来て寄らずに行ってしまったなんて！　むくれるお顔が目の前に浮かんで、やすは歩きながら頬《ほお》が緩んだ。

内藤新宿までは日本橋から二里。日が高くなるに連れて人通りが増え、荷車や駕籠《かご》も忙しく通り過ぎていく。時折、馬に乗ったお侍さまが通りかかる。やすは道の端に寄って身を縮めたが、江戸の人たちはあまり気にしている様子もない。品川の大通りも人や駕籠の行き交う数では負けていなかったが、旅人達は品川に入ると物珍しさからゆっくり歩き、店をひやかしたり、宿屋の呼び込みに受け答えしたりと、どことなくゆったりとしていた。お江戸では皆、驚くほど早足だ。

本郷《ほんごう》のあたりで日光御成《にっこうおなり》街道の道標を見つけた。権現《ごんげん》様が祀《まつ》られている日光とは、いったいどんなところなのだろう。一生行くことはないだろうけれど、やすは、極楽浄土のように美しいと言われる東照宮《とうしょうぐう》に憧《あこが》れていた。旅装束で御成街道に向かう人の背中に、少し羨《うらや》ましさを覚えた。

物珍しさと、生まれて初めて旅に出る興奮とで足の疲れを感じることもなく、早々に内藤新宿に着いてしまった。番頭さんとの待ち合わせは午《うま》の中刻《ちゅうこく》頃にこまやで、ということだったが、まだ巳《み》の刻のうちだろう。朝餉は握り飯一つを食べただけだったので空腹を感じていたが、おいとさんが作ってくれた弁当は番頭さんと食べる為のものだから我慢しなくては。

やすはまず、通りがかった人に教えてもらって、こまやを探した。四谷《よつや》大木戸から少し先に歩いたところに立派な馬の絵が描かれた幟が立っていたので、すぐにわかった。通りに面して緋《ひ》色の毛氈《もうせん》が敷かれた縁台がいくつも置かれ、派手な野点傘《のだてがさ》が立てられている。昼餉には少し早い刻《とき》なのに、茶代を払って縁台に座り、弁当を広げる旅人の姿もある。団子や汁粉なども人気のようだった。お団子の一本でも、と思う気持ちをぐっと抑えて、やすは待ち合わせの刻まで内藤新宿を見物することにした。

甲州街道でもその賑わいは随一と言われる内藤新宿は、江戸からの位置としては品川と似たような宿場であるらしい。旅人が旅の途中で泊まるというより、江戸に入る前に身なりを整えたり、長旅の最後にちょっとした贅沢《ぜいたく》をしたりと、旅人にとっては「お楽しみ」の宿場なのである。江戸からも二里と気軽なところにあるので、花街の遊びが目当ての人も多い。岡《おか》場所が活気づくには早すぎる刻だったので、女郎遊びが目当ての男たちの姿はまだ見当たらず、娘一人で歩いていても怖いということもなかった。品川と違って大通りの片側に海は見えず、道も平らで幅も広い。両側にぎっしりと宿やら店やらが並んでいる。せっかくだから、閻魔《えんま》様で名高い太宗寺《たいそうじ》にお参りを、と歩いて行くと、仲町《なかちょう》に入ってすぐに太宗寺の門前通りが現れた。まるで川崎《かわさき》のお大《だい》師《し》様並に賑わっている。ぎっしりと並んだ屋台には様々なものが売られている。

人の波に押されて閻魔様はちらりとしか拝めなかったけれど、やすは真剣に手を合わせた。いつか彼岸に渡る日が来ても、閻魔様に睨《にら》まれませんように。地獄に落とされませんように。やすは盗まず、殺さず、嘘《うそ》をつかずに生きてまいります。

お参りを済ませてからは人の流れに逆らわずに歩き、目に留まるものすべてに驚いたり感心したりして過ごした。お江戸暮らしを始めてひと月過ぎても、やすはお江戸見物をしたことがない。品川から日本橋まで駕籠に乗った時に町の様子は眺めたし、今朝方日本橋からここまで歩いて来る途中もなかなか面白かったけれど、芝居小屋の並ぶ猿若町《さるわかちょう》やら、明神様《みょうじん》の神田界隈《かんだかいわい》など、話にだけ聞いていて、いつか見てみたいと思っているところはたくさんあった。でも多分、どこにも見物には行かないだろうな、とも思っていた。もしそんな暇ができたとしても、きっと台所で料理をしているだろう。

それが自分なんだ、と、やすはぼんやりと「わかって」いた。料理をしていることが何より好きだったし、料理をしている時がいちばん楽しいのだ。思いがけず物見遊山《ものみゆさん》の気分が味わえて、やすは心が浮き立っていた。内藤新宿の賑わいは品川のそれとそう大差ないはずなのに、やはり町ごとにどこか違っているものだ。

時の経《た》つのも忘れて歩きまわっていると、午の中刻の鐘が聞こえて来た。やすは慌てて、こまやに戻った。

「おやす！」

　やすがこまやに着くと、縁台に腰掛けていた番頭さんが立ち上がって手を振った。やすが駆け寄ると、番頭さんはやすをすっぽりと抱いて、頭を撫《な》でてくれた。まだやすが幼かった頃、水仕事が辛かったり、誰かに叱《しか》られたりしたやすを抱いて慰めてくれた、優しい手だった。

「おやす、元気だったかい」

「へ、へい。元気でおりました」

　二人は縁台に落ち着いた。

「とても顔色がいいねえ。お江戸の水はおやすに合っているのかねえ」

「お江戸は面白いところです。でも、やすはやっぱり品川に帰りたいです」

「はは、もうちょっとの辛抱だよ。普請は順調で、もう旅籠《はたご》の方はあらかた出来ているんだ。あとは奥のお屋敷と、それにね」

　番頭さんは、ちょっとからかうような表情になった。

「おやすが驚くようなものも作ってるんだよ」

「驚くようなもの、ですか」

「ああ。おやすだけじゃない、女中たちはみんな驚いて、大喜びするだろう。でもね、今はまだ内緒にしておくよ」

「え、知りたいです！」

「まあまあ、もう少しだから、その時の楽しみにとっておこう。どうだい、煮売屋の仕事は」

「へえ、たくさん勉強になります。旅籠のご飯とは同じ煮物でも味付けが違ったり、振り売りで持ち歩いても崩れない料理の仕方があったり。あ、そうだ。おいとさんがこれを作ってくれました」

やすは風呂敷《ふろしき》包みを背中からおろして、弁当の包みを取り出した。

「番頭さんの分も」

「ほう、弁当かい。これは嬉しいね。昼餉にここの蕎麦《そば》でもと思っていたんだが、実はね」

番頭さんは小声になった。

「ここの蕎麦はもうひとつ旨《うま》くないんだよ。団子やおはぎは美味《おい》しいんだけどね」

二人は笑った。

番頭さんは二人分のお茶代を払い、ついでに団子も注文した。蒸した竹の皮に包まれた弁当は、海苔《のり》で巻いた握り飯と、おいと揚げ、沢庵、それに牛蒡《ごぼう》の砂糖漬けだった。

「握り飯に海苔か。これは贅沢だ。それとこれはさつま揚げかい？」

「おいと揚げです」

「おいと揚げ？」

「へえ、さつま揚げに野菜などいろいろ入れて作って、それを煮てあります。その日に余った野菜くずでもこうして食べると美味しいんです。日によって入っているものが違います。時にはイカの下足《げそ》なども入れたりします。『さいや　いと』の人気のおかずです。とってもよく売れるんですよ」

「ほう。これは、おやすが考えたのかい」

やすは頬を少し赤くしてうなずいた。

「うん、なるほどこれは美味しい。それに煮る時に味を濃くしてあるから、冷たい飯にもよくあう」

「お江戸はひとりものの男衆が多いようです。なのでおかずは、飯をたくさん食べられる濃い味が好まれるようです」

「しかし品川者に食べさせるのに、わざわざ海苔を使うとこなんざ、おいとさんもなかなかやるねえ」

「番頭さんは海苔がお好きだと伝えたら、用意してくれたみたいです。お江戸の浅草《あさくさ》海苔はいいお値段で、煮売屋のおかずにはなかなか使えません」

「元は品川の海苔なんだが、浅草に持ってって浅草海苔に化けると高直《こうじき》な品の顔になるんだね。だがこれは間違いなく、品川の味だ」

品川の味。確かにそうだ。海苔は品川の海の名産品だった。その品川の海苔が江戸に送られると、なぜか、浅草海苔、と名前を変える。

品川の味……海苔……

また何か、閃《ひらめ》いた気がした。新しい料理。煮売屋の惣菜。

だが注文した団子が運ばれて来て、やすの気がそれてしまった。

「綺麗ですね。三色のお団子」

「こいつは花見団子だね。ここは一年中花見団子を食べさせてくれるんで人気があるんだよ」

「桜色は和菓子に使う紅で出せます。でも緑は、よもぎで出すのが花見団子ですよね。今頃の季節のよもぎでは、あっても葉が硬くてとても使えないのでは……あ！」

やすは緑色の団子を口に入れて驚いた。

「よもぎではなくて、これは……抹茶！」

「うん、なるほど抹茶だ。抹茶なら一年中いつでも、緑色の団子ができる」

茶店の団子一つでもこれだけ工夫されている。こうやって工夫して、他の店とは違うところを出さないと、人気のある店にはなれないのだ。

「商いとは、どんなものでも難しいものですね」

やすは思わずそう言った。

「お団子ひとつ売るにしても、他のお茶屋と違うお団子にしないと評判は取れません。一年中花見団子を売る、なんだそんなこと、と思うけど、よもぎを使わずに抹茶を使うことを思いつかなければ、この綺麗な緑色は出せません。考えて考えて、何をどう売ればいいのか、常に考えていないといけません」

「まあ、そうだね。どんな商いでも、考えずに漫然とやっていたのでは次第に傾く。でもね、おやす、新しいものを追いかけるばかりが商いの秘訣《ひけつ》ではないのだよ。古いもの、昔から伝わって来たものを大切にし、守っていく商いというのもある。昔から伝わっているものを作り、売る。それは簡単なようでいて、実はとても難しいことかもしれない。新しいものを追いかけたくなる誘惑に打ち勝って、地味にこつこつと同じことを繰り返す、それもまた、筋の通った商いの秘訣なんだよ。例えば、政さんはおやすと新しい料理を作ろうとしてくれる。その新しい料理はとても美味しいだろうから、きっと評判になる。その料理目当てのお客も、いっときは増えるでしょう。だがね、それに頼って、紅屋が先代から受け継いで来たものを忘れてしまったり、おざなりにしてしまえば、そのうちにお客は減ってしまいます」

「紅屋が受け継いで来たもの……」

「それはなんだと思うかね、おやす」

やすは考えた。紅屋が先代から受け継ぎ、大切にしているもの。それは……

「……お客様にくつろいでいただけるような……おもてなしをする、ことでしょうか」

番頭さんは、笑顔でやすの頭を撫でた。

「その通りです。お客様にくつろいでいただく。旅籠にとって一番大事なことは、旅に疲れたお客様が少しでも疲れを癒《いや》し、翌日からまた旅が続けられるようにしてさしあげること。その為に、おしげは女中たちを厳しく躾《しつ》け、部屋がいつも隅々まで綺麗であるように、どんなお客様に対しても女中の態度が変わったりぞんざいになったりしないように、気を配ってくれている。季節の花を部屋に飾ったり、暑い寒いにあわせて布団を変えたり。お客様がおやすみになってからは足音や話し声がお耳に入らないよう、日頃から女中の歩き方にも口うるさく叱っているでしょう」

「……へえ。何度も叱られました」

「地味で目立たない、そして毎日毎日繰り返すこと。それをしっかりやる、というのも、商いにはとても大事なことです。いくら新しい料理が美味しくても、部屋に箒《ほうき》の掃き残しがあったり障子《しょうじ》の桟《さん》にほこりが溜《た》まっていたりしたら、お客様はきっと興ざめされる。女中の足音がうるさかったり真夜中まで笑い声なんかが聞こえたりしたら、次もまた紅屋に泊まろうとは思わなくなる。あの宿は良かったよ、と、誰かに勧めてくださることもない。料理の噂《うわさ》でいっとき泊まり客が増えたとしても、けっして長続きはしません。政さんだってそれをちゃんとわかっている。あんなに優れた料理人でも、料理だけで旅籠が成り立つとは考えていません。それでも政さんは、旅籠の料理人として生きることを選んでくれた。そこがね、政一《まさいち》という男の、すごいところなんだ」

「前から少し不思議に思っているんです。どうして政さんは、料理屋の料理人をせずに旅籠の料理人を続けているんでしょう。もちろん、救ってくださった大旦那さまへの恩義があるからというのはわかるんですが……それでももし政さんがそう望むなら、大旦那さまは政さんが料理屋に移ることもおゆるしになると思うんです。大旦那さまは、政さんの料理人としての才を大切に思って、政さんが再び料理人として生きて行かれるようにと手を差し伸べられた。今の政さんなら、品川、いいえ、お江戸で名の知られた料亭にだって花板として迎えてもらえると思います。大旦那さまも、そうして政さんが料理人としてより輝くことを望んでいらっしゃるのでは」

番頭さんはうなずいた。

「確かに、政さんがそれを望むなら、大旦那さまは大喜びで政さんを手放すだろうね。それどころか、ご自分の力の及ぶ限り政さんに力添えして、江戸でも一流と言われる店に花板として迎えてもらえるように取り計らうでしょう。だがね、政さんは決してそれを言い出さない。それはもちろん恩義、義理ということもある。でもそれだけじゃないとわたしは思うよ。さっきも言ったが、そこが、政一という男のすごいところなんだよ。政さんは、旅籠の料理人、という居場所で頂点を目指すことに決めているんだと、わたしは思う」

「旅籠の料理人の、頂点……」

「そうです。ただ美味しいものをお客に食べさせる料理人じゃない、旅籠の料理人です。さっきおやすにも訊《き》いたが、旅籠にとって一番大事なことは、泊まりのお客をくつろがせ、翌日からの旅に出る元気を取り戻してもらうことです。掃除のゆき届いた部屋、清潔でふかふかの布団。しっかりと躾けられた女中の気持ちのいいもてなし。

そして、美味しくて、疲れが取れて、胃にもたれず、元気が湧《わ》いて来るような料理。政さんはね、旅籠、という商売の中の、料理、という役割の中で最高の仕事をしたいと思っているんです。自分の料理が主役になる料理屋や料亭ではなく、脇役《わきやく》の一つに過ぎない旅籠という場所。夕餉も朝餉も旅籠という商売の一部でしかない、その一部をどこまで高みに持って行けるか、それがあの人の挑戦なんだと、わたしは思っています。人というのは誰かに認められたいという気持ちがあるのが当たり前。だから前に出ようとする。より認められやすい場所にいようとする。誰だって、その才があり機会があるなら、主役になりたいでしょう。だが政さんは……政一という人は、そんなところをすでに超えてしまったんだ。表には出ない場所で、それでも、紅屋という旅籠が繁盛するために、どこまで料理の力を発揮できるか。旅籠の飯、というのはどういうものなのか。旅人にとって、最高の夕餉とは、最高の朝餉とはどういうものなのか。それを極めたいと、あの人は思っている」

聞いていて、やすは、ただただ、ため息をつくことしか出来なかった。

旅籠の飯。

やすは今まで、それをきちんと考えたことがあっただろうか、と自分に問い直していた。

美味しいだけでは、だめなんだ。

ふと、思い出したことがあった。政さんはよく書物を読んでいる。だが料理の書だけではなく、時折、医書のようなものも読んでいることがあった。勉学好きな人だから、自分の興味で読んでいるのだろうと思ってあまり気にしたことがないけれど、もしかするとあれも、旅籠の飯、を究めるための勉強なのかもしれない。

「わたしは」

やすは下を向いて言った。

「政さんの弟子のような顔で台所に立たせてもらっているのに、旅籠の飯についてしっかりと考えたことがありませんでした。翌朝に胃に残るような重たいものを出さない方がいいとか、つい食べ過ぎてしまうような箸《はし》の進む味のものは量を控えて出すとか、そのくらいのことは考えます。でもそれより深くは考えたことがありません。いつも味や見栄《みば》えにばかり気をとられていました」

「ははは、料理人が味や見栄えに気をとられるのは当たり前のことで、大いに気をとられてくれて構いませんよ。おやすはまだ、やっと卵から孵《かえ》った料理人のひよこです。今は上ばかり見ないで、自分にできること、自分の手に負えることからしっかりやっていけばいい。政さんだってそう思っているから、今はおやすに余計な口出しはしないようにしているんでしょう。だがきっと、いつかはおやすに、政さんが目指している高みがどこにあるのか教えてくれる日は来ます。焦ることはない。その時が来るまでは、目の前のことをしっかりと、心を込めてやっていくことです」

「へい」

「さあて、もうお団子は食べ終えたかい？　日暮れまでには八王子に着きたいから、そろそろ出発しましょうかね」

やすは後片付けをして風呂敷包みを背負い直した。

内藤新宿を出て甲州《こうしゅう》街道を西へと向かうと、間も無く景色が変わった。深川を出てからずっと町の中を歩いて来たが、通り沿いの建物もまばらになり、畑が続くようになる。二里ほど歩いて高井戸《たかいど》の宿場を過ぎた。高井戸の宿場は下高井戸と上高井戸とに分かれていた。宿場というのはおおよそ二里ごとにもうけられていると、番頭さんが教えてくれる。内藤新宿が新宿と呼ばれるのは、以前は高井戸まで宿場がなく、日本橋からは四里と遠かったので途中に作られたかららしい。内藤様という方が屋敷地をその為にお上《かみ》に返上されたのだそうだ。

高井戸を出るとあたりの景色はますます、のんびりとしたものになって行く。田畑の他は所々に丘のように低い山々が並び、行き交う人の数もめっきりと減った。東海道は品川の先も人の行き来が途絶えないが、甲州街道はそれに比べると、さびしい道だった。

国領《こくりょう》と呼ばれる宿場に着いたが、宿の幟が一つ、二つしか見当たらない。小さな茶屋があったので、番頭さんが「少し休みましょう」と言ってくれ、二人並んで縁台に座って茶をすすった。

「ここから先、宿が一、二軒しかない小さな宿場が点々と続くんです。布田《ふだ》五宿と呼ばれていてね、ここの次が下布田、それから上布田、下石原《しもいしわら》、上石原と五つの宿場があるんだが、どれも本陣すらないささやかな宿場です。だがわたしはこうした小さな宿場の茶屋でひと休みするのが好きなんだよ。花街を持たない、本当に旅人が休んだり、日が暮れてしまうので仕方なく泊まる、そういうところです。わたしが生まれた家を出て品川に奉公に出る時にも、この街道を江戸に向かって歩いて、確か布田五宿のどこかの茶屋でひと休みしたんだった。わたしを紅屋の先代、大旦那様の父上に紹介してくれた親戚《しんせき》の人と一緒だった。わたしは八つで、母が作ってくれた握り飯と、二枚ばかりの着物、それに草鞋《わらじ》の換えだけを風呂敷に包み、泣きたい思いを堪えていた。わたしはとても甘ったれで、母親から離れたことがなかったんです。生家は八王子縞《しま》を扱う問屋で大きく商売をしていたから、まさか奉公に出されることになるなんて思ってもいなくてね。だがいくら大きく商いをしていると言っても、男の子が四人もいたのでは、末っ子は余りもの。他に姉やら妹やら、賑やかな家だった。どんないきさつだったのか子供のわたしにはわからないが、奉公に出される先が旅籠だと聞いた時には、せめて呉服を扱う店にしてくれたらいつか八王子に帰ることもできるのにと、悲しくてね」

番頭さんは、両腕を伸ばして背中を叩《たた》いた。

「だがね、紅屋に着くと、とても男前の若々しい人がいて、実はその人が主人だと。それが今の大旦那様ですよ。あの頃、まだ二十歳《はたち》にもならなかったはずだが、貫禄《かんろく》もあってもう立派な若旦那でした。その人がわたしに言ったんです。目端の利く賢い男の子が欲しいと頼んで探してもらったんだ、と。おまえさんは、いずれこの紅屋の番頭になるんだよ、と。わたしはとても驚いた。番頭というのはどんな商家でも、奉公人の中でいちばん信頼の厚い、仕事のできる人がなるものです。奉公に来たばかりの八つの子供に約束するようなお役目ではありませんよ。なのに大旦那様、あの頃は若旦那だったが、若旦那ははっきりとそう言ったんです。その言葉は八つの甘ったれた子供の心にも染みました。そんなに期待されているのならば、そうなろう。いつか番頭と呼ばれるまでになれるよう精進しよう。子供心にそう決めた。今にして思えば、あれはあの人流の、奉公人を鼓舞する話術の一つだったのでしょう。まさか本気で、八つの子に、将来は番頭にしようなどと思ったはずはない。しかし人というのは、そうやって誰かに期待されると期待にこたえようと頑張ってしまうもの。そうしてとうとう、わたしは紅屋の番頭になってしまった」

番頭さんは笑って、ごちそうさん、と茶屋の人に声をかけると歩き出した。やすもそのあとについて歩いた。

ちよが預けられている尼寺は、八王子より少し手前の、日野《ひの》のはずれにある。布田五宿を抜け、狭くなった街道をさらに歩き続けて府中《ふちゅう》宿に入った。府中宿まで来れば日野はもうすぐ。府中宿はそれまでのささやかな宿場とうって変わって、大きくて賑やかな宿場町だった。品川や内藤新宿ほどではないが、宿屋が街道沿いに並び、六所《ろくしょ》宮《ぐう》の参道には屋台も出ている。

人だかりがしているところに高札場《こうさつば》があった。番頭さんが興味深げに首を伸ばして眺めているので、やすも爪先立《つまさきだ》ちで人の輪の外から高札を読んだが、漢字が多くてよくわからない。番頭さんは、笑顔で首を横に振った。

「たいしたことは書いてありません。街道に盗人《ぬすっと》が出るので取り締まります、というようなことだけです」

「ぬ、盗人が出るんですか！」

「明るいうちは大丈夫ですよ。ここから八王子までは人の通りも多いでしょう。だが日が暮れると物騒になるようなので、急いだ方がいいね」

高札場は街道の交わるところに設けられることが多い。甲州街道と府中で交わるのは鎌倉《かまくら》街道だった。

鎌倉、という地名も名前だけは知っているけれど、もちろん行ったことはない。やすは無意識に、鎌倉街道へと向かう旅人の背中に羨望《せんぼう》の眼差《まなざ》しをおくっていたらしい。番頭さんに、これ、おやす、と肩を叩かれて我にかえった。

「おやすは長旅に出るのは初めてだったねえ」

「へえ」

「紅屋ではいつも旅のお人のお世話をさせていただいているのに、旅籠の女中は旅には出ない。まあ世の中、そんなものだ」

「番頭さんは、大旦那さまとよく旅に出ておられましたね」

「大旦那さまは自分の舌でこれと思ったものを仕入れないと気が済まない方でしたか

らね、政さんが来る前は、ご自分で包丁を握られることもありましたよ。米も醤油《しょうゆ》も味噌《みそ》も、みんなその土地まで出向いて作り立てのものを味見して、仕入れるかどうか決めたんです。あの頃は大旦那さまも足腰が達者で、お供をするわたしのほうが十も若いのについて行くのが大変でした」

「上方にも行かれたんですよね」

「ああ、行きました。と言っても大坂まで船に乗ったので、行きは東海道を歩いたわけではないんだよ」

「船に、ですか」

「そう、外海に出る大きな船だ。あれがまた、風が悪いとひどく揺れてね、船酔いで死ぬ思いをしました」

番頭さんは懐かしそうな表情で言った。

「京の都にも寄って、京料理を食べ歩きました。ああ、京料理はそれはもう素晴らしかった。帰りは東海道を歩いて、大旦那さまが寄って行こうとおっしゃるんで、お伊《い》勢《せ》様にも寄りました。わたしの生涯であれがいちばんの長旅だった。もう二度とあんな旅に出ることはないだろうね。だけど、旅とはいいものです。旅に出ると人は大きく変わることがある。おやすは女の身だから、箱根の関を越えるのはなかなか難しい

かもしれないが、いつか機会があれば、上方や、あるいは長崎《ながさき》までも行ってみたらい
い」
「な、長崎までですか！」
「きっと政さんが連れて行ってくれますよ。あの人は長崎に行きたがっているんで
す」
「なぜ、長崎に……」
「颶風が来る前に、日本橋十《と》草屋《くさや》の清兵衛さまがおやすに、南蛮《なんばん》の鉄鍋《てつなべ》をくだすった
でしょう」
「へ、へえ」
「長崎に行けば、ああした南蛮、いや、外国の鍋や釜《かま》、刃物、それに食べ物も見て味
わうことができる。大きな声では言えないが、黒船が来て世の中が変わったのは間違
いのないことです。これからは料理も、日本の外の国々の食べ物や料理道具を知るこ
とが大事になると、政さんは考えているんですよ」
「でも……長崎は遠すぎます。わたしには権現様の日光も、古戦場があるという鎌倉
も、とても遠いところに思えます。長崎なんて、あまりに遠くて考えることもできま
せん」

「どんなに遠くても、道があって足があるなら、いつか着くことはできます。現に、十草屋さんのご親戚はあの長崎屋さんだ。それこそ出島《でじま》の南蛮人たちがお江戸に来られた時に宿としていた長崎屋ですよ。おそらく清兵衛さまも長崎には行ったことがおありでしょう。品川にはここしばらく薩摩《さつま》の方々もたくさんおいでなさっていた。薩摩だって長崎に負けず劣らず遠いところですが、たくさんの方々が江戸と行き来されている。道があり、足があれば、おやすだってどこにでも行ける日は、きっと来ます」

本当にそんな日が来るのかしら。やすは番頭さんの言葉があまり信じられなかった。それに、あちこち行ってみたいなと思うことはあっても、紅屋での仕事を捨ててまで行きたいとは思わない。紅屋で働いている限りは、そんなに長い旅などできないだろうし、だったらしなくてもいいな、とも思う。旅に出るのはとても気持ちが昂《たか》ぶる得難い機会だとは思うけれど、紅屋のお勝手で働くことは、自分にとってそれ以上に大切なことなのだ。

目の前に玉川《たまがわ》の河原が見えて来た。広々として、河原の枯れ草が黄色く色づき、美しい。

日野の渡し。向こう岸が日野だ。おちよちゃんに逢えるまで、あと少し。

冬の日は落ちるのがとても早い。もう西の空は茜《あかね》に染まり、ぐずぐずしていたのでは瞬く間に暗くなってしまうだろう。

ここ数日は良い天気が続いていたので、渡しはさほど混雑していなかった。小さな渡し舟が何艘《そう》も見えている。人々は列を作り、渡し賃を払って順繰りに舟に乗っていた。番頭さんとやすも、滞りなく舟に乗ることが出来た。

「玉川は渡し舟があるので渡るのも楽ですね」

番頭さんが言う。

「上方からの帰りに東海道を下って戻った時に、大井川《おおいがわ》では難渋しました。大井川は渡し舟が禁止されているんです」

「舟が禁止……ではどうやって川を渡るんですか？」

「川越《かわごし》人足と呼ばれる人たちがいて、男の客は肩車のようにして担いで渡ります。女や荷物が多い者は、輿《こし》のような板に乗ります。板は人足が四人で担ぐので、なかなかの出費になってしまいます。なので路銀を節約する為に、人足に担がれる女の人もいましたよ。まあ若い娘はとても真似《まね》できない姿だが。昔はたちの悪い人足が、旅人からあの手この手で法外な渡し賃をふんだくったりして揉《も》め事も多かったそうです」

「今はそんなこともないんでしょうか」

「わたしと大旦那さまが渡ったのはもう十年も前のことだから、どうでしょうねえ。その時は川の深さによってちゃんと渡し賃が決まっていて、どの人足に担いでもらってもふんだくられるということはなかったようです」

その日の玉川はとても浅く見えた。舟の底が川底をこすらないかと心配になった。風もなく、程なくして舟は向こう岸に着いた。

「ここからはもう二里ほどですよ」

番頭さんに言われて、やすの足取りは少し軽くなった。深川からここまで十里に少し足りないくらいだろうか、さすがに足が痛い。

日野の宿場は府中宿ほどではないけれど、そこそこ栄えていた。本陣もちゃんとある。宿場の中心からさらに八王子宿に向かって歩いてから、番頭さんは道端に三体のお地蔵さまがあるところで足を止めた。

「ここから山に少し入ったところです。あとちょっとだから、頑張れるね？」

「へい！」

やすはちよに逢える嬉しさで、元気に返事をした。

あまり人の行き来がないのか、山を登る細い道はところどころ崩れ、あるいは草に覆われて見分けがつきにくくなっている。それでも番頭さんは、ちよをここに連れて来た時に歩いているので迷う心配はないようだった。ちよは三ヶ月ほど前、大きくなり始めたお腹《なか》を抱えてここを登ったのだ。どんなにか心細かっただろう。

息が切れ始めたところで、ようやく目の前に石段が現れた。石段の下に、玉泉院《ぎょくせんいん》、と彫られた石塔が立っている。人の背丈より少し大きいくらいの地味な石塔で、古いものらしく苔《こけ》むしていた。

石段を登ると、門があった。門は開いていて、竹箒を手にした尼僧が、ゆっくりとした動作で落ち葉を掃いていた。

「妙信尼《みょうしんに》さま」

番頭さんが声をかけて頭を下げた。

「品川の紅屋番頭、辰吉《たつきち》でございます」

「ああ、紅屋の番頭さん。今日お見えでしたか。もう夕刻ゆえ、おいでは明日かと思っておりました」

「遅くなってすみません。この子は旅慣れておりませんので、ゆっくりと参りました」

「おお、ではそちらが」

「やすと申します」

やすは深く頭を下げた。

「おちよちゃんに逢いに参りました」

「ええ、ええ。番頭さんからの手紙が届いてから、おちよは本当に心待ちにしていましたよ。今日も朝からそわそわとして、まだ来ないのかしら、まだかしら、とうるさくしておりました」

妙信尼さまは小さな声で笑った。

「日が傾いてしまったので、明日になるのでしょうと言ったら涙ぐんでしまって。さあさ、中に入って、足をお洗いなさい。そしてさっそく、おちよに逢ってあげてくださいな」

「それじゃ、おやす、あとは妙信尼さまにお任せするから、今夜はこちらに泊めていただきなさい」

「あの、番頭さんは」

「はは、わたしが尼寺に泊まるわけにはいきませんよ。わたしは八王子の実家に泊まります。ここから一里ほどです。明日の朝迎えに来ます。朝餉を終えたら身支度を整えて待っていておくれ」

「へい」

石段を降りて行く番頭さんを見送ってから、やすは妙信尼さまの後ろについて玉泉院の中へと入った。

本堂の脇を抜けて裏手に回り、裏口のようなところから畳敷の広間を抜け、廊下を何度か曲がって案内された部屋の外で、妙信尼さまが言った。

「おちよ、あなたが待ち焦がれていた方がいらっしゃいましたよ。おちよ、起きていますか？」

妙信尼さまは、ふふ、と笑って囁《ささや》いた。

「腹にややこがいると眠くなる人もいるようですね。おちよは本当によく寝ます」

妙信尼さまは、そっと障子を開けた。

狭いけれど畳が青々とした、掃除の行き届いた部屋だった。その部屋の真ん中に敷かれた布団に、ちよが寝ていた。

「夕餉までまだ少し間がありますから、二人で積もる話でもなさい。夕餉の刻になったら誰か呼びに来させます。申し訳ないけれどここにはあまり部屋がないので、おやすさん、今夜はここで休んでもらってもいいかしら」

「へい、もちろんです。お世話になります。あの、何かお手伝いすることは」

「あなたの役目は、おちよを元気付けること。その為に来てもらったのですからね、他のことは気にせずに」

妙信尼さまは静かに廊下を去って行った。やすはちよを起こさないように、そっと部屋の中に入り障子を閉めた。

布団の脇に座り、眠っているちよを眺めた。ちよの頰には涙の痕《あと》があり、睫毛《まつげ》にはまだ涙が溜まっている。

ごめんね、おちよちゃん。もっと早く来ればよかった。でも、十里は遠いよ。とっても遠かった。日本橋から四谷の大木戸まで、歩きながらお江戸を見たのよ。人がたくさん歩いていて、みんな忙しそうだった。

内藤新宿は面白かったよ。閻魔様はちらりとしか見えなかったけど。

甲州街道はね、東海道ほど広くなくて人も少なかった。でも府中宿は栄えていたよ。

心の中でちよに語りかけながら、やすは、盛り上がったちよのお腹にそっと掌《てのひら》を当ててみた。

こんなに大きくなるんだ。この中にいるややこも、随分大きくなったのだろう。

不意に、掌に何か、びくっと感じて、やすは小さな悲鳴をこらえることができなかった。その声でちよが目を開けた。

「……おやす……ちゃん」

「遅くなってごめんね。今着いたのよ」

ちよが、いきなり起き上がった。

「おやすちゃーん！」

そのままやすの首に抱きつく。わあ、重たい！　やすはちよを受け止めきれずに畳に倒れてしまった。ちよの大きなお腹が、自分のお腹とくっついている。

「お、おちよちゃん、ちょっと待って。起き上がれないよ」

ちよは笑いながらやすの上からどいて、布団に座り込んだ。

「来てくれたんだ！　もう、待ち遠しくて待ち遠しくて、首が伸びちゃったよ！」

「ごめんなさい。これでも深川を夜明けに出たんだけど、番頭さんと待ち合わせしたり、途中で茶店で休んだりしていたの。こんなに長く歩いたのは初めてだったから、少し足が痛くなっちゃった」

「八王子はやっぱり遠いよねえ。品川から来た時なんか、あたい、あの石段でもう一歩も歩けないって駄々こねちゃった。番頭さんがおぶって上ってくれたの」

「おちよちゃん、お腹が大きいんだもの、仕方ないよ」

「でも来た時より今の方が、ずっと大きいのよ。ね、すごいでしょう」

「うん、すごい」

やすは本当に、すごい、と思った。

「こんなに大きくなるんだね、お腹って。さっきね、そっと触らせてもらったんだけど、びくっとした」

「よく動くのよ、この頃。お腹をどんどんって蹴《け》るの。ややこが元気すぎて困っちゃう」

「元気なら何よりじゃないの」

「そうなんだけど、蹴られるとけっこう、苦しいのよ。でも産婆さんの話だとね、もう少ししたらややこがお腹の中いっぱいになっちゃって、動かなくなるんだって。そうしたらお腹の上の方までややこが詰まってるから、私もご飯が食べられなくなったりするんだって。やっと悪阻がなくなったと思ったのに、最後はまたご飯が食べられないなんてねえ。その頃になったらお腹が重たくて、上を向いて寝られないとも聞いたわ。ややこを産むって、こんなに大変なことだったんだ、って、びっくりしちゃう」

「でも元気そうでよかった。顔色もいいし」

「うん、悪阻が収まったらご飯が美味しくて美味しくて、いくら食べても食べ足りないのよ。でも、太るといけないんですって。ちゃんと体を動かさないと難産になるらしいの。だから毎日、厠《かわや》の掃除をさせられてる」

ちよは、少しむくれて見せた。

「なんで厠なのよねえ」

「でもおちよちゃん、紅屋でも奥の厠の掃除はしてたじゃない」

「そりゃ、あたいは女中だから、どこだって言われれば掃除はするけど。あーあ、やっぱり尼寺はいろいろとうるさいのよ。言葉づかいなんかまで、仏様に聞こえますよ、って叱られる」

「妙信尼さまは優しそうな方ね」

「けっこう厳しいわよ。でもここの尼様たちはみんな、なんでややこができたのかとか、そういうことは何も聞かないし……ややこを里子に出すことにも、お説教はしない。だから、だいぶ気が楽、かな」

ちよは、少し寂しそうな顔になった。

「紅屋にはもう戻れないよね……ややこを里子に出したら、田舎《いなか》に帰りなさいって番頭さんに言われてる」

「その方がいいと思う。品川にいたら、あれこれ詮索《せんさく》されたりするし」

「そうだね……でも憂鬱《ゆううつ》。土肥《とい》に帰ったら、継母《ままはは》に意地悪される」

「……負けたらだめよ。後継《あとつぎ》娘はおちよちゃんなんだから」

「負けやしないわよ。昔のあたいとは違うもん」

ちよは、にっこりとした。

「あたいね、いろんなことがあって、なんか前よりも自分が強くなったな、って思うんだ。何があったって何を言われたって、生きてるんだからあたいの勝ち、そう思えるの」

「うん」

やすはちよの手を取った。

「ほんとにそうだね。生きてるんだもの、おちよちゃんの勝ちだよ」

ちよはもう一度、やすに抱きついた。ちよの腕がやすの首に絡まり、ちよの心の臓の音が聞こえて来た。

頑張れ、おちよちゃん。やすはちよの背中を優しくさすった。ちよはこれから、とても痛い思いをして赤子を産む。それなのに、その子は里子に出され、ちよはもう会うこともできない。そして意地の悪い継母のいる実家に戻り、その継母に、旅籠の女将《おかみ》としての教えを請わなくてはならない。どんなに辛くても、もうちよは逃げ出すことができないのだ。紅屋の大旦那さまや番頭さんたちへの恩義がある。ちよが子を孕《はら》んだことを隠して庇《かば》ってくれた恩に報いるためには、何があっても歯を食いしばって、立派な女将にならなくては。

ちよがこれから背負うものの重さを思うと、やすは流れ出した涙を止められなかった。ただ人を好きになっただけ、それだけなのに、どうしてちよだけが、こんなに苦しまなければいけないのだろう。

少し気持ちが落ち着いてから、二人はとめどのないおしゃべりに花を咲かせた。ちよは、尼寺で見聞きした色々なことを話してくれた。自分と同じように身重でここに預けられている女たちのことや、尼僧たちのこと。預けられている女たちはみな、ちよと同じくらいの年頃の者たちだった。中にはまだ十四の子もいるらしい。女中奉公に出てお店《たな》の者と恋仲になってしまった女、主人のお手がついてしまった女、気の毒なことに、やさぐれ者にてごめにされて孕んでしまった人もいると言う。尼僧たちは何も訊いたり問い詰めたりはしないようだが、ちよは生来の人懐こさでみんなと仲良くなり、彼女たちの事情も打ち明けられたらしい。また尼僧たちにもそれぞれの事情があるのだと言う。夫から離縁されて路頭に迷った挙句尼になった者、何か罪を犯してそれを悔いて尼になった者、自分の子供に死なれてしまい、入水《じゅすい》しようとしてしくじって尼になった者。

「ここは、女の海の底なのかも」

ちよが言った。

「女の海の、底？」

「そう。女が生まれて生きていくのを海を泳ぐようなものだとしたら、泳ぎ損ねて沈んじゃって、行き着いた海の底がこの玉泉院。本当なら沈んだらそのまま死ぬんだけど、ここに沈んだからまた生き直す望みが生まれたの。それって運のいい話だよね。他のところに沈んだ人は、溺《おぼ》れ死ぬんだもの。おやすちゃん、ありがとう」

「何が？」

「あの夜、あたいのこと見つけてくれて、中条流《ちゅうじょうりゅう》に戻らなくていいって言ってくれて」

「ああ……うん。でも決めたのはおちよちゃんだから」

「でもおやすちゃんが、そうしてもいいんだって言ってくれなかったらあたい、どうなってたかわからない。もしかするとあのまま川に入っていたかも」

「おちよちゃん」

「大丈夫、もう大丈夫だよ。あたい、強くなったから。もう二度と、この命を粗末にするようなことは考えない。だってあたい……この子のおっかさんになるんだもんね」

ちよは自分のお腹をそっとさすった。

「たとえ、生まれてからひと月しか一緒にいられなくても、ここを出たらもう二度と会えなくても、そのことは変わらない。離れて生きていくことになったって、あたいはこの子のおっかさん。だからあたいは、何があっても生きて、そして幸せになる」

若い尼僧が、夕餉の支度ができていますよ、と教えに来てくれた。食事の支度は尼僧の他に、預けられている女たちも交代で手伝うらしい。ちよもちゃんと台所に立っていると、少し自慢げに言った。

夕餉は尼寺らしくとても質素なものだった。雑穀の入った粥《かゆ》、青菜のおひたし、それに沢庵。だが粥のお代わりはしてもいいらしく、ちよは二膳《ぜん》平らげた。やすは十二里近い道を歩いて空腹なはずだったが、疲れているせいなのかあまり食欲がなかった。

後片付けはやすも手伝い、木椀《もくわん》や箸などを井戸で洗った。

夕餉のあとは、大きな畳敷きの部屋に集まり、尼僧の法話を聞くのが日課らしい。

その日は妙信尼さまが、病に倒れた人の心をどうやってなぐさめるか、というお話をしてくださった。

ちよの言っていた通り、集まっている女たちはみな若かった。

お話が終わりかけた時、やすの耳に、遠くで誰かが叫んでいる声が聞こえて来た。

他の女たちもその声を聞いて、顔を見合わせている。

「誰かしら」

「男の声ね」

尼僧の一人が立ち上がって、本堂の方へと向かった。

「としさんかな」

「としさん？」

「うん。よく知らないけど、このあたりの農家の息子だって。江戸に奉公に出ているんだけど、親戚の家か何かが日野にあって、しょっちゅう帰って来てるみたい。二十歳か二十一か、そのくらいで、野菜やら米やら実家から持って来てくれるの」

「ご寄進されるのに、こんな夜に来るの？」

「勝手気ままな人みたいよ」

「おやすさん」

本堂の方から戻って来た尼僧、景心尼《けいしんに》さまが手招きした。やすは立ち上がって景心尼さまの方に向かった。

「ちょっとよいかしら」

「へえ」

やすが景心尼さまについて本堂に入ると、本堂の板間に男が寝かされ、その傍らに別の男が立っていた。

やすの頭から血の気がひいた。

「番頭さんっ！」

やすは寝かされている男の傍らに膝《ひざ》をついた。

「番頭さん、番頭さんっ！」

「おやす、かい」

「へい、やすでございます！　どうされたんですか、番頭さん！」

「面目ない」

番頭さんは、笑おうとしたようだったが、どこか痛むのか顔をしかめた。

「どうやら気を失ってしまっていたらしい」

「追いはぎにやられたんでしょう」

立っている男が言った。

「命をとられなくてよかった。財布はやられましたか」

番頭さんは起き上がろうとした。やすはその背中を腕で支えた。

「うん、それがまあ、運のいいことに、帯に挟んであった財布は盗まれましたが、こっちは無事のようです」

番頭さんは、背中に括《くく》りつけた風呂敷包みをはずして広げた。弁当を包んであった竹の皮の下に、もう一つ財布が収まっていた。

「用心のいい人だな。財布を二つに分けているとは」

男は笑った。

「怪我の方は？」

「石のようなものでいきなり頭を殴られたのは覚えています」

番頭さんは、額や頭の後ろに手をあてた。

「ああ、少し血が」

番頭さんの掌が赤く染まった。

「お湯をお持ちしましょう。このあたりには医者はおりませんが、妙信尼さまは医術の心得がございます」

「お手数をおかけします。たいした怪我ではなさそうです」

「頭の怪我は甘くみてはいけませんよ。今夜はここでお休みください。板間で申し訳ありませんが、布団を厚く敷けば」

「いえいえ、少し休んだら実家に向かいます」

「とんでもない。頭に怪我をしているのですから、ひと晩は動いてはいけません」

景心尼さまにきつく言われて、番頭さんは恐縮しつつ承諾した。

「番頭さん、石段のところでお別れしてからもうだいぶ経ちます。ずっと倒れていらしたんですか」

「どうやらそのようだ、おやす。ここを出て実家に向かう途中、八王子宿のほんの手前のあたりで追いはぎに出くわしてしまった。このお方が、草むらに倒れていたわたしを見つけてここまで運んでくださった。あのまま朝まで倒れていたら、山犬にでも食われてしまったかもしれない。本当にありがとうございました。お名前を」

「ここの尼さんたちは俺《おれ》のことは知ってますから。じゃ、俺は帰ります」

「いやせめて、せめてお礼に」

番頭さんは無事だった財布を開こうとしたが、男は身軽に本堂から飛び出してしまった。

「じゃ、お大事に。あ、番屋には届けておきます。明日、誰かここに来るでしょう」

男は風でも吹き抜けたかのように、さっと石段の方へと消えてしまった。

番頭さんは、男が消えた闇《やみ》の方を見つめて言った。

「なんともまあ」

「機転が利いて面倒見もよく、欲もない。それでいて、町の洒落者《しゃれもの》のように姿もいい。あんな若者がこのあたりにもいるんだねえ」

お湯の入った小さな盥《たらい》を抱えて尼僧たちがぞろぞろと戻って来た。

番頭さんの怪我は軽く、止血をして布をきつく巻くだけで手当は済んだ。番頭さんが怪我をしたことは、明日の朝まで女たちに言わないようにと口止めされ、やすはちよの部屋へと戻った。

その晩、つい遅くまでちよとおしゃべりしてしまったので寝付くのが遅くなったが、疲れていたせいかすぐに眠りに落ちた。そして翌朝早く、まだ鳥の声すら聞こえないうちにやすは本堂に向かい、眠っている番頭さんの顔色が悪くないのを見て心から安《あん》堵《ど》した。

それにしても、昨夜のあの人は、風変わりな男の人だった。

江戸で奉公しているとかで身なりは確かに奉公人だったが、ぴんと伸びた背筋や身のこなしは、まるでお武家さまのようだった。

世の中には、本当にいろいろな人がいる。やすは、今更のように、自分が旅に出てそれまで知らなかった地を歩き、知らなかった人たちと話していることが、不思議な気がしていた。

九　夢の力

番頭さんの怪我《けが》は、一晩でだいぶ良くなっているように見えた。血はすっかり止まっていたし、傷口も開いてはいない。けれど昨夜は蠟燭《ろうそく》の灯《あか》りだけでよくわからなかった傷の色に、やすは驚いて泣きそうになってしまった。傷口の周囲がどす黒い痣《あざ》になっている。

「すまないね」

傷口にあてた手ぬぐいを取り替えているやすに、番頭さんが困り顔で言った。

「わたしはもう大丈夫だと言ったんだが、朝一番で来てくださったお医者様に叱《しか》られてしまった。頭の怪我は軽くみると後で命にかかわることもあるそうで、二、三日は養生していなくてはいけないらしい。品川《しながわ》までの長旅などもってのほかだそうだ」

番頭さんは腕組みした。

「かと言って、おやすを一人で帰すわけにはいかないからねえ」

「わたしなら大丈夫です。甲州《こうしゅう》街道に出れば日本橋《にほんばし》まで道は一本、日本橋からなら深《ふか》川《がわ》はすぐですから。迷いっこありません」

「とんでもない。府中《ふちゅう》の高札《こうさつ》にも書いてあったし、これこの通りわたしのような男でも襲われてしまったんですよ、女子《おなご》を一人で江戸まで歩かせることなんざできませんよ。第一、若い女が一人で旅などしていては、四ツ谷《よや》の大木戸で咎《とが》められないとも限らない。その前に、内藤新宿《ないとうしんじゅく》あたりでごろつきにからまれることもあるかもしれない。この際、深川に使いを出して、わたしが旅に出られるようになるまで、おやすもここに置いてもらうしかないだろうね。きっとおちよはおおはしゃぎするだろうが」

「それは……おちよちゃんともう少し一緒にいられるのは嬉《うれ》しいです。でも深川も忙しくて、わたしが帰らないとみんなが困ってしまいます」

「だったらおいらが江戸までおくって行きますよ」

陽気な声がして、本堂に人が入って来た。昨夜、番頭さんを助けてくれた、あの若者だった。

「これはこれは、昨夜は本当にお世話に」

番頭さんが起き上がろうとする。

「あ、そのままで、どうか。頭を怪我した時は寝てないとだめですよ」

若者は、身軽に座り込んだ。

「どうですか、具合は」

「はい、もうだいぶ良いようです。傷も浅く、腫《は》れもひいております」

「それでもね、頭ってのはあとで大変なことになることもあるから。あ、これ」

若者は野菜がたくさん入った籠《かご》をやすの膝《ひざ》の前に置いた。

「うちからのお見舞い」

「へ、へえ、ありがとうございます。奥に届けて参ります」

「もうじき朝餉《あさげ》でしょ、おいらもよばれようかな。そう伝えてもらえますか」

「へえ」

やすは野菜籠を抱えて、台所に向かった。

戻って来ると、若者と番頭さんが楽しげに喋《しゃべ》っている。

「おやす、このお方は江戸で奉公していらして、今から戻られるんだそうだ」

「はあ」

「なので、おやす、おまえはこのお方に日本橋あたりまでおくっていただきなさい」

「へ、へえ。けどご迷惑では」

「どうせおいらも江戸まで行くんだから、何にも迷惑なことはないですよ。あ、おいら、いやその、わたしは、歳三《としぞう》と言います」

「としぞうさま」

「歳三さんは、名字帯刀をゆるされている由緒あるお大尽《だいじん》のご子息だそうですよ」

番頭さんの言葉に、歳三さんは笑って手を振った。

「いやいや、石田《いしだ》村の百姓ですよ。権現《ごんげん》様より昔はこのあたりの地侍だったと聞いています。それで名字があるのでしょう。その後刀を捨てて農家になり、今はちょっとばかり手広くやってて。実家が先祖から製法が伝わる秘薬を作ってるんです」

「ひやく?」

「薬です。薬草を黒焼きにして作ります。あ、製法は、まあ秘薬ってくらいで秘密なんですが。怪我によく効くと、江戸でも売られていますよ。そうそう、それで番頭さんの怪我にも効くだろうと、少し持って来ました」

歳三さんは、懐《ふところ》から小さな包みを取り出した。

「これを酒にといて飲んでください。ここの尼様たちは飲み方を知ってますから」

「お酒にとくのですか」

「白湯《さゆ》ではいけないのですね？」

歳三さんはうなずいた。

「昔から、これは酒で飲むとされてます」

番頭さんは、薬の包みをおしいただき、横になったままでそれを額に押し当てて感謝した。

「ではお女中、朝餉が済んだら発《た》ちましょう。今日も良い天気のようだから、ゆっくり歩いても日暮れまでには深川に着けますよ。わたしは伝馬町《てんまちょう》まで参りますので、日本橋までお送りできます」

やすが番頭さんにおかゆを食べさせている間、歳三さんは運ばれて来た朝餉を美味《おい》しそうに食べていた。尼寺の食事はとても質素で、朝餉もおかゆに漬物だけ。それでも歳三さんは、ご馳走《ちそう》でもいただくように、美味しい、美味しいと食べていた。その姿は子供のように無邪気にも見えたし、根っから優しい人のようにも思えた。

番頭さんの食事が済んでから、やすは奥の間に行って自分の朝餉を食べた。その頃《ころ》にはちよたちも起きていた。

「おやすちゃん、としさんに江戸までおくってもらうんですって?」

ちよが羨《うらや》ましそうな顔をする。

「うん、歳三さんも伝馬町へお帰りになるから」

「いいなあ、としさんと旅ができるなんて」

「旅と言っても、半日だけよ。ねえおちよちゃん、あの歳三さんってどういうお方なの?」

「この近く、確か石田村のお大尽の息子だっていうのは聞いてるけど、末の子だったかなんだかで奉公に出されてるのよ。でもなぜかしょっちゅうこっちに戻って来て、その都度このお寺に寄ってくださるの。とっても親切で気さくだし、それにあの通りのいい男でしょう、としさんが来るとついつい、お顔を見たくなっちゃう。もちろん叱られるから覗《のぞ》き見には行けないけれど」

「尼寺に通うなんて、変わってるのね」

「実家で作ってる薬や野菜を届けてくれてるみたい。としさんはね、生まれる前にお父上を亡くされて、お母上も幼い頃に。それでお兄様に育てられたんですって。そのご実家は、代々有名な薬を作ってて、それがお産のあとで具合が悪くなった時にもよく効くとかで、昔からこのお寺で使っている薬らしいの。あの方、剣もつかうみたいよ」

「農家の子なのに？」

「あの方の義理のお兄様が、日野《ひの》でなんとかいう道場を開いてるんですって。いいわねえ、おやすちゃん。としさんと半日一緒だなんて」

「おちよちゃんはそんなことより、もうじき産み月なんだから、お腹《なか》のややこのことだけ考えないと」

「それはそうだけど……考えると怖くなっちゃうのよね。だって、ものすごく痛いって。そんなに痛い目に遭《あ》ったことないのに、耐えられるかなあ」

「人の世の始まりから、ずっと女が耐えて来た痛みだから、きっとおちよちゃんにも耐えられるよ」

そうは言ってみたものの、お産の痛みについてはやすもいろいろと耳にしている。あらためて考えてみれば、やす自身もそうした痛みに自分が耐えられるという自信はなかった。

だがやすを産んだ母も、弟を産んでくれた懐かしい母上も、みんなみんな、その痛みに耐えてお産をしたのだ。

そう思うと、とても不思議な気持ちになる。自分がこの世にいること自体、とてもありがたいことなのだ、と思う。

旅支度を終えて、ちよと別れる時はまた少し涙が出た。大きなお腹のちよを、腕をいっぱいに伸ばしてそっと抱きしめた。ちよも涙ぐんでいた。無事にお産を終えたら、また必ず会いに来るからとちよと指切りをした。尼様たちに見送られて、やすは石段を降りた。やすの先に踊るような足取りで石段を降りて行く歳三さんの背中が見えていた。

❖

「おやすさん、足が強いですね」

歳三さんが言った。

「並んで歩いていても少しも遅れない。たいしたもんだ」

「歳三さんがわたしに合わせてくださるからです」

「そんなことないですよ。あなたは女子としてはかなり健脚ではないかな」

「わたしが働いている品川の旅籠《はたご》には、もっと足の強い女中がおりますよ。その人は信濃《しなの》の保高《ほたか》村の出で、子供の頃から山を駆け回っていたそうです。その人がちょっと速く歩くと、もうわたしだと駆け出さないと追いつけません」

「やあ、信濃の保高かぁ。信濃は一度行ってみたいと思っているんです。天に届くほどの高い山がずらっと並んでいて、それは美しいところだそうですね」

「富士《ふじ》のお山よりも高いのですか」

「いや、それはどうかな。やはり富士山は日の本一の山でしょう。だが富士の山のほかにも、高い山はたくさんある。武蔵野《むさしの》にはそれほど高い山はありません。江戸にもない」

「お山がお好きなのですか」

「ええ、好きです。山は高くて大きくて、堂々としている。立派です。男と生まれたからには、ああいう姿になりたいものです。常に高い志を持ち、ちっとやそっとでは揺るがない姿に」

歳三さんは、そう言ってから、ふっと笑った。

「おかしいでしょう。たかが江戸の奉公人、おいらなんかがそんなこと言うなんて」

「いえ、そんなことは」

「しかも、名字があるとは言ったたって田舎《いなか》の農家の出です。そんな者に何ができるかと、奉公先では仲間に笑われます。でもおいらは平気だ。笑われたって何を言われたって、おいらには夢がある」

「……夢」

「そう、夢です。志、です」

歳三は立ち止まり、剣を構える姿勢になった。そのまま、えいっ、と気合を入れて、見えない剣をふりおろす。

「おいらの夢は、これです。これで身を立てる。これで天下に、己を示す」

「剣術ですか」

「そうです。剣。剣でおいらは……わたしは、なにものかになりたい」

「なにものか、に」

「田舎の百姓の小倅《こせがれ》ではない、なにものかに、です。いつかなりますよ、わたしは」

「刀は……人を斬《き》るものですよね」

「そうですね。剣術は必ずしも人を斬ることだけを目的にはしませんが、刀は人斬りの道具であることは確かです。おやすさんは、怖いですか、刀が」

やすは歩きながらうなずいた。

「へい。……怖いです。刀をお持ちの方のそばでは、身が固くなってしまいます」

「刀は、刀を持たない人々を守る為《ため》にあるのだと、わたしは思っています。守るべき人たちに恐れられてしまうのは、修行が足りないからではないでしょうか。本物の剣の達人は、自然体でくつろいでいます。そばにいても身が固くなったりはしないものです。だがそこまでの域に達するのは並大抵のことではありません。守るべき人々に恐れられず、守るべき人々に受け入れられる達人に、いつかなりたい。おやすさんにはそうした夢はありませんか？　こうなりたいとか、こうしたものになりたい、のような」

「……わたしは、おなごですから」

「女子だからと、夢を持たずにいるというのはおかしな話ですよ」

「へえ……夢は……持っております。ただ、おなごには叶《かな》えられない夢があるのだ、と思ってもおります」

歳三さんは少しの間、黙って歩いていた。それから、歩きながら言った。

「まあ確かに、女子にはなりたくてもなれないものはあるかもしれませんね……だがそれでも、なりたいと願うことは無駄ではないと思いますよ。極端な話、女子は征夷《せいい》大将軍にはなれません」

歳三さんは笑った。

「どんなになりたくても、女子が上様となることはない。だがそれでも、上様になりたいと思う女子がいても面白いと思います。上様になりたいと思うくらいであれば、女子でもお上のなさることに関心を持つでしょうし、そうすればおのずと、世の中の様々な出来事にも関心が生まれます。そうした女子が母となった時には、自分の息子に学問や剣をきちんと習わせようと考えるでしょう。それは無駄ではない。或《ある》いは自分の産んだ子を将軍の座にと、突拍子もない野心を抱いて大奥に入るかもしれない。それはそれで、破天荒な将軍が誕生されることになるかもしれず、成り行きとしては面白い。たとえ決して叶うことのない夢であっても、夢の力というものは侮れない」

「夢の、力」

「ええ。夢には力があるんです。わたしはそう信じています。わたしもそろそろ、その夢の力で新しい一歩を踏み出そうかなと考えているところです。このまま江戸で奉公を続けていても、わたしはお店《たな》の仕事に向く性質《たち》ではないことを自分で知っている。お店で出世をして番頭になるとか、そうしたことはわたしにはできない」

「奉公をやめて石田村にお戻りになるんですか」

「他に行くところはありませんから」

歳三はまた少し笑った。

「一度実家に戻って、薬の商売を真面目《まじめ》にやってみようかと。もちろん、生涯薬売りを続けるつもりはありません。ただ、父母亡きあと、実家の兄たちにはとても世話になったので、まずはその恩返しをする。人としてそれはしておきたい。だが同時に、剣を極めてみようと思っています。わたしの姉は日野宿の名主のところに嫁いでいるんですが、その義兄が道場を開いており、わたしもそこで剣の修行をしています。実家に戻れば今よりもっと頻繁に義兄の道場に通えます。思う存分に剣の腕を磨き、その剣で、なにものかになる。なにものなのかは今は漠然としているけれど、天下に名が知られるような、そんな者になりたい。さて、おやすさん、あなたにも夢はあるとおっしゃった。それを聞かせてくれませんか」

やすは躊躇《ためら》っていたが、やがて口を開いた。

「叶わないとわかっていても……いいんですよね」

「夢ですから、どうせなら叶わないだろうな、というくらい大きいほうがいい」

「では」

やすは、つい小声になってしまった。

「わたしは……品川で一番と人に言われる旅籠の、その台所で女料理人をしてみたいです」

「……なぜそれが、叶わない夢なんですか？　確かに女子は料理人として認められることは難しいでしょうが、今は江戸の料亭にも女の料理人がいますよ」

「へえ。けれど、品川一の旅籠と言えば、百足屋《むかでや》さんです。脇本陣《わきほんじん》百足屋の地位は決して揺らぎません」

「そこの台所で働きたいんですか」

「いえ、わたしは今お世話になっている紅屋《くれないや》という旅籠が心の底から好きなんです。なので、紅屋が、品川一と言われるようになってほしい。その紅屋の台所で働いていたい。今と同じように。それがわたしの夢なんです」

「品川には泊まったことがないのでよく知りませんが、紅屋さんという旅籠が百足屋さんの評判をしのぐことは、そんなに難しいことですか」

「百足屋さんは脇本陣様ですよ。そんじょそこらの旅籠とは格が違います」

「だとしても、人の評判は格がどうこうで決まるもんじゃないでしょう」

「宿の大きさも建物も、宿賃も、何もかもが違います」

「だったらなおさらだ」

歳三さんは無邪気に笑った。

「きっと百足屋ってのは大層な宿賃をとる宿なんでしょう。そんなところに泊まれる旅人がどれだけいますか？　評判というのは、多くの口が作るものです。紅屋さんは我々でも泊まれるような旅籠なんですか」

「へえ」

「だったら勝ち目はありますよ。評判だけなら、紅屋さんが品川一だと言われるようになることはできるはずだ。でも、おやすさん、あなたの夢はちょっと変です」

「え？」

「あなたの夢は、あなたが何をしたいのかよくわからない」

やすは混乱した。

「あの、でも、わたしは台所で働いていたいのです。それだけなのです」

「いやそれはわかります。だけどそれなら、今だってあなたはそうしているんでしょう？　高潮に壊された紅屋さんの普請が終われば、あなたはまた品川に戻ってお勝手女中として働くのだと聞きました。つまりあなたの夢はもう叶っている」

「でも、品川一と言われる紅屋の台所で働きたい、のです」

「つまり、紅屋さんが品川一と評判をとることも、あなたの夢の一部なんですよね？」

「へえ」

「なのにあなたは、その部分について自分がどうしたいのか、語っていない」

「ど、どうしたい……」

「もしわたしがあなたなら、こう言いますよ。わたしは、自分の料理で紅屋を品川一の旅籠にしたい、と」

「あ」

やすは絶句した。打ち消そうと思ったけれど、なぜか否定する言葉が出て来なかった。なので必死に首を横に振った。足が止まり、そのまま逃げ出したい気持ちになった。

「違う、と言いたいんですか」

歳三の声は明るくて、意地の悪さは感じない。けれどやすは、なぜか泣きたくなった。

「ああ、ごめんなさい。怒ってらっしゃるんですか」

やすはまた首を振り、ようやく声を絞り出した。

「怒ってなんか……いません。でも、でも……自分の料理でなんて、そんなこと……旅籠は料理だけで評判はとれません。接客やお掃除や、お布団が上等だとか、お部屋のお軸が素晴らしいとか……お客様の為にできることがたくさんあって、それらがみんな、評判をとるには大切なことなんです。そんな、料理だけで品川一になれるなんて大それた考えは、持っていません……」

「それは確かにそうでしょう。料理は旅籠の良し悪《あ》しを決める一つでしかない。だがあなたは、あなたが働いている紅屋は品川一の旅籠だと言われたいと思っている。もし紅屋が、掃除も行き届かず、接客も悪く、布団が薄くて畳も毛羽立っている、そんな旅籠なのだとしたら、たとえ夢でも品川一だなんてことは考えないはずだ。品川一、なんてことを思った以上は、紅屋という旅籠はきっと、料理以外の部分も素晴らしいんでしょう。脇本陣と比べられなければ品川一にふさわしいと、あなたは心の中で思っている。違いますか?」

やすは、立ち止まったままで、ゆっくりとうなずいた。そうだ、わたしはそう思っている。本当はそう思っているのだ。

百足屋さんは確かに素晴らしい。建物も大きく、広間の畳はいつも青畳、布団だってきっとふかふかなのだろう。けれどそれでも、部屋の隅々までほこり一つない紅屋、布団はいつも日に干して、おひさまの匂《にお》いに包まれている紅屋は、そこで一晩過ごすとしたら決してひけをとらないと思っている。

そして。

料理だって、味だけを比べたら、政《まさ》さんの作る料理の方が百足屋の料理より、美味しい。

そう、本当は百足屋に劣ってなんかいないのだ。紅屋は今だって、品川一と言われてもおかしくないはずなのだ。

「あなたは悔しいんでしょう？」

歳三さんは、まるでわたしのことを試しているようだ。

「本当は今だって、紅屋が百足屋に負けているなんて思っていない。けれど、脇本陣という格には、どうやっても勝てない。だから紅屋が品川一の旅籠と言われることは、あなたにとって夢の一部になった」

「……夢の一部」

「そう、一部ですよ。あなたの本当の夢は、紅屋が品川一と言われるようになることを、あなたの手で成し遂げること。そうじゃないですか？　そうでなければ、夢など抱いても虚《むな》しいでしょう？　おやすさん、なぜ恥ずかしいと思うんですか。なぜ、自分の手で、自分の力でそれを成し遂げたいと思う心を、隠そうとするんですか。それははしたないことですか？　女子がそんなことを思ってはいけないのだと、あなたは本気で考えているんですか？」

歳三さんは、また歩き出した。やすは動けずにいた。が、みるみる離れて行く歳三さんの背中を見ているうちに、なぜか体の芯《しん》が熱くなった。やすは足を動かした。早足に、そして小走りに、歳三さんを追いかけた。そのまま歳三さんを追い越し、歩き続けながら言った。

「わ、わたしは、ええ、わたしは恥ずかしいです。でも歳三さんに心の底を見透かされてしまった以上は、正直に言います。わたしは、いつの日か、紅屋は品川一の旅籠だと人々が言っているのを聞きたい。そしてその時に、何しろあそこの料理は美味しいからねえ、と言われたい。その日が来た時に、台所で包丁を握っていたい。……お勝手の真ん中に、立っていたい」

やすはなぜか、頰《ほお》に涙が伝うのを止めることができなかった。

頭の中に思い描いたその景色の中に、政さんはいない。平蔵《へいぞう》さんもいない。そのことがとても後ろめたく恥ずかしい。自分がそんな思い上がったことを夢見ていると、昨夜会ったばかりの男に知られてしまったことが、怖い。

やすは、自分の心の底にいた、はしたなく浅ましく、でしゃばりで、恩知らずな自分と今、向かい合っていた。

歳三さんが追いついて来て、またやすの横に並んで歩いた。

「泣かなくてもいいんですよ」

歳三さんの声は優しかった。

「人が上を目指すことは、そんなに醜いことではない。たとえ女子であっても、上を見て進んで構わないと、わたしは思うな」

「……わかりません。わたしには料理の師匠《ししょう》がおります。素晴らしい人です。その人と一緒にいつまでも働いていたい。それがわたしの望みだとずっと思っていました。なのに、わたしは恩知らずです」

「それは違う。師匠を超えてその先に行こうとすることは、恩知らずではなく、恩返しです。弟子が自分を超えた時に、その人は本当の師匠になるんです。剣の世界でも同じです」

「わかりません」

やすは、頑《かたく》なに言った。

「わたしは、自分が怖いです」

「それは多分、あなたが逸材だからです。あなたは自分で思っているよりも、ずっと強く、負けず嫌いだ。女子にしておくのは惜しい人なのかもしれない。なんだかあなたの料理が食べたくなったなあ。いつか品川に行って紅屋に泊まります」

歳三さんはそれから先、もっと軽い話を楽しげに喋り続けてくれた。奉公先での面白い話や、道場でのことなど、やすが笑顔になるようにと話し続ける歳三さんは、もしかすると、やすを泣かせてしまったことを後悔しているのかもしれない、とやすは感じた。

そんなふうに歩いていたせいか、思いのほか早く内藤新宿に着いてしまった。休憩も取らずに歩き続けたので、まだ夕刻までにはだいぶ間があった。やすは、少し土産が買いたいので、ここから先は一人で参ります、どうぞお先に、と言ってみたが、歳三さんは買い物に付き合うのも楽しそうだからとやすのそばを離れなかった。

大切に貯《た》めた銭を取り出して、やすは煮売屋の人々への土産を選んだ。それから、お小夜《さよ》さまの顔を思い出し、もう一つ買い足した。

買い物が済むと、適当な茶屋で稲荷寿司《いなりずし》を食べた。歳三さんは稲荷寿司の他に、団子も食べた。

やすはなぜか、とても楽しい、と感じていた。夢のことで自分を追い詰めた歳三さんだけれど、悪気はなかったのだろうと思った。歳三さんは、夢の力を信じている。だからこそ、夢に対して正直になれないやすに、それでは駄目だと教えようとしたのだ。

たとえ自分の醜さと向き合うことになるとしても、自分が何を願い、何を望んでいるかを自分にごまかしてはいけないのだ、と。

不思議な人だ、とやすは思った。

これまで知っているどんな男の人とも違う気がした。なんだか大きい。そしてまっすぐだ。けれど、どこまでも我流で押し進んでしまうような、危うさのようなものも感じる。

内藤新宿から日本橋までは、あっという間だった。歳三さんと一緒に歩いていると、足の痛みも感じない。時が矢のように過ぎていく。

ふと気がつくと、もう日本橋の手前にいた。

「では、わたしは伝馬町に参りますが」

「へえ。ありがとうございました。おかげで道中とても楽しくて、十里が瞬く間に過ぎてしまいました」

「こちらこそ楽しかった。いつもは戻って来るのが憂鬱《ゆううつ》で、歩くのも退屈で。でもおやすさんと一緒で退屈を感じませんでしたよ。奉公先に戻るのが憂鬱なのは変わりませんが」

　はは、と歳三さんが笑う。

「いつか品川に、必ず行きますから。あなたの料理を食べさせてください」

「へえ、お待ちしております」

「あ、年内は深川ですか」

「へえ」

「『さいや　いと』でしたね。煮売屋さんの屋号。そっちに行けば、もっと早くあなたの料理が食べられるのかな」

「へえ。でも居酒屋はやっておりません。振り売りだけなんです」

「それは残念。もっとも奉公人の身では、気ままに居酒屋にも入れませんが。ではお気をつけて」

　やすが深く頭を下げている間に、歳三は身軽に通りを歩いて行った。

　やすは大川《おおかわ》を渡りかけたが、真ん中あたりで立ち止まった。やっぱり、寄って行こう。せっかくだもの。

　日が落ちるまでに深川に帰れば、おいとさんを心配させずに済むだろうし。

　やすは、十草屋《とくさや》を目指してきびすを返した。

十　寝たきりの若奥さまと、再び屋根を歩く人

十草屋《とくさや》ほどの大店《おおだな》になると、勝手口に回りこむだけでもけっこう歩くことになる。店の前には相変わらず荷車が何台も停《と》まっていたり、客がひっきりなしに出入りしていて大層繁盛しているようだったが、やすの顔を知っている奉公人に見つかると迷惑をかけそうだったので、店の表を顔を隠すように走り抜け、ぐるりと歩いて勝手口に立った。

勝手口には物売りの姿があり、やすはその物売りが帰るまで離れて待っていてから、さっと勝手口に顔を入れた。

「あ、あのう」

以前に料理を手伝ってくれた女中さんが、すぐにやすを認めた。

「あれま、おやすさん！　紅屋《くれないや》のおやすさんではありませんか！」

「へ、へえ」

「まああ、お久しぶりです。品川《しながわ》も高潮でひどいことになったと聞いてますよ。紅屋さんも大変でしたね。その後どうですか」

「へえ。ようやく大工と材木の手配ができて、今、建て替えております。幸い、店の者は皆無事でした」

「まあ、それは本当にようござんした。江戸もあの時の嵐《あらし》でねえ、だいぶやられてしまって。芝《しば》の方は火が出て丸焼けだったらしいです。ところで、今日は奥様とお約束が？　奥様からは何も聞いていないんですが」

「いえお約束はしておりません。実はその、今、深川《ふかがわ》の煮売屋を手伝っていまして」

「あら！　ではおやすさん、深川に」

「へえ。紅屋の普請が終わるまで、深川におります。それであの、ちょっと日本橋《にほんばし》まで来たので、お小夜《さよ》さまのお具合はいかがかと」

「まあまあ、それは奥様喜ばれますよ。今、奥様にお伝えして参ります」

「あの、いいんです。今日は、これをお小夜さまにと持って来ただけですから。用があって八王子《はちおうじ》まで行ったものですから、内藤新宿《ないとうしんじゅく》でお小夜さまにお土産《みやげ》をと。……お渡しいただければいいんです。また文《ふみ》をお出しします」

　やすは袂《たもと》から出した小さな包みを手近なところに置いて帰ろうとしたが、女中さんに袖《そで》を摑《つか》まれた。

「とんでもない、奥様にお伝えせずにおやすさんを帰してしまったとなったら、わたしが大層叱《しか》られてしまいますよ！　後生ですから帰るなどと言わずに、ほんのちょっとここでお待ちください。すぐにお伝えして参ります。本当に、帰らないでくださいよ！　お願いしますよ！」

女中さんは慌てて奥に姿を消した。やすは仕方なく、その場で待つことにした。

お小夜さまから長いこと文がないのは、きっと、悪阻《つわり》がひどくてお辛《つら》いのだろうと思う。そんな時に不意に訪ねては、お小夜さまのお体に障るのではないだろうか。やっぱり来なければよかったかしら。

だが悩んでいる間もなく、ばたばたとさっきの女中さんが戻って来た。

「どうぞ、どうぞお入りください。お勝手口からなんて申し訳ありませんが、よろしいですよね？　奥様が大変な喜びようで、早くいらしていただかないと、床から起き上がって走っていらっしゃいますよ！　さあさあ」

やすはせかされるままに案内され、長い廊下を歩いてそれまで入ったことのない奥の奥へと向かった。

白さが目に眩《まぶ》しいほどの障子紙《しょうじがみ》が、まるで正月のように張り替えられていた。それを開けると、広くてとても美しい部屋があった。見たことのない、唐《とう》だか南蛮《なんばん》だかの調度が置かれている。

部屋の真ん中には、何か台のようなものがあり、その上に布団が敷かれていて、半身を起こしたお小夜さまの顔があった。

「あんちゃん！」

お小夜さまが両腕を伸ばす。やすは、おやすちゃん、ではなく、あんちゃん、と呼んでくれるのがうれしくて、思わず駆け寄って膝《ひざ》をつき、その腕の中に頭を差し入れた。お小夜さまの白い腕がやすの首に絡む。ふわりと、花のようないい香りがする。

「来てくれたのね！　嬉《うれ》しい、嬉しい、嬉しいいい！」

お小夜さまは猫の仔《こ》にでもするように、やすの頭に頬《ほお》ずりした。

「ごめんなさいね、文も出さないで。でも起き上がってはいけないとお医者さまに言われてて、こうして背中を起こしているのも長いあいだはだめなんですって。なので文が書けなかったの。だって寝ながら筆を使おうとしたら、墨が顔中についてしまったんですもの！」

やすは思わず笑った。お小夜さまはお変わりにならない。

「ですから、代筆いたしますと申し上げましたのに」

聞き慣れない声がしてどきりとしたが、お小夜さまが載っている台のようなものの後ろに、南蛮の椅子《いす》に腰掛けた女性がいた。

「代筆なんて嫌よ」

お小夜さまが、ぷい、と横を向く。

「小夜はあんちゃんと内緒の文をかわしたかったの。あやめに代筆させたりしたら、あやめもその内緒を知ってしまうじゃないの」

「私は内緒を知っても決して口外などいたしません」

「それでも嫌なの。あんちゃんとの内緒は、あんちゃんと小夜だけの内緒なんだから。だから、あやめ、ちょっとどこか行ってて」

「旦那《だんな》さまから、お小夜さまが勝手に起き上がったりなさらないように、ずっとそばにいろと仰せつかっております」

「いいから出て行って。あんちゃんはわたしの大切なお友達なの。お友達とおしゃべりする時くらい、誰《だれ》かに見張られないで好きにしていたいわ」

「決して起き上がったり歩き回ったりなさらないと、私に約束していただけますか」

「知らない！」

お小夜さまは頰を膨らませた。

「あやめと約束なんかしません！　あやめは小夜の母上様でも父上様でも、旦那様でもないでしょう。思い上がりもいい加減になさい！」

やすは少し驚いた。お小夜さまがそんなふうな物言いをされるのは初めて聞いた。十草屋の若奥様としての威厳というよりは、ただ威張り散らしているようで、お小夜さまには似つかわしくない気がした。

あやめさんは、黙って立ち上がると頭を下げ、部屋から出て行った。

「驚いた？」

お小夜さまは言って、肩をすくめた。

「でも仕方ないのよ。あの人にはああいう言い方をしないとだめなの。あの人は武家の出なのよ。だからわたしのほうが主人なのだとはっきりさせれば従ってくれるけど、普通に話してたらわたしのこと見くびって、莫迦《ばか》を諭《さと》すみたいな物言いしかしないの。きっとお腹《なか》の中では、妾腹《しょうふく》の、それも吉原《よしわら》にいた女の娘のくせに、って思ってるんだわ」

「そんなこと……」

「武家の出だとか言ったって、商家に嫁いで後家になって、息子の嫁と仲違《なかたが》いして息子に家を追い出された人なのよ。小夜の身の回りのことを任せたいからって清兵衛《せいべえ》さんが連れていらしたんだけど、身の回りのことなら女中で充分なのに、清さんは小夜のことを信用していらっしゃらないのよ。目を離したら起き上がって出かけてしまうと思ってるの。それで小夜の見張り役をあやめにさせているの。清さんは今とても忙しくて、今夜はお上に呼ばれているのよ」

「起き上がってはいけないのですか」

「そうなの」

お小夜さまは、ふう、とため息をついた。

「ややこが生まれる時に出て来るところが、少し緩んで開きそうになっているんですって。今出て来ちゃったらややこは死んでしまう。まだ小さ過ぎるの。だからややこが大きくなるまで、寝ていなくちゃいけないの」

「それは大変ですね」

「ほんと、大変。他はどこも悪くないのに、じっと寝ていなくちゃいけないなんて。退屈でたまらないし、ずっと横になっているのって案外辛いのよ。足が弱ってしまうみたいで、この頃は厠《かわや》に行くのに起き上がろうとしても起き上がれなかったり。それで、清さんが寝台を作ってくれたの」

「しんだい？」

「これよ、この布団の下の箱みたいなもの。異国には畳がなくて、床は板や石なんですって。だから家の中でも靴を履いているんですって。そんなところに直《じか》に寝られないでしょう。だからこういう、台のような、箱のようなものを置いて、その上に寝るらしいの。これだと起き上がる時に、足を下におろせばいいからとても楽なのよ」

なるほど、畳から起き上がるよりは、確かに簡単そうだ。

「でも……布団をしまう時はこれをどうやってたたむんですか？」

やすはつい、布団の下を覗《のぞ》きこんでしまった。

「たためないのよ、これ。だからこのままにしておくの」

「このまま？　こんな大きなものが部屋の真ん中にあったら、昼間は邪魔ではないんですか」

「異国にはね、寝るためだけの部屋があるんですって」

「寝るためだけの部屋……」

「そう。そこにこの、寝台は置きっぱなしらしいわ」

「なんだか……もったいないですね」

「異人の考えてることなんか、わからないわ」

お小夜さまは、また肩をすくめた。

「でも清さんは異人が好きなのよ。本当は江戸よりも長崎《ながさき》に住みたいの」

「長崎に」

「無事にややこが生まれて小夜が元気になったら、二人で長崎に行こうって言うの」

「お小夜さまも長崎に行ってみたいのですか」

「うーん」

お小夜さまは愛らしく首を傾《かし》げた。

「本当を言えば、今はあまり行きたくないなあ。だって遠いんですもの。船で大坂まで行って、そこから船を乗り換えて、長崎なんてとても遠いわ。以前は蘭方《らんぽう》の医術を学びに行きたいと思ってたけれど、今は江戸でも学ぶことができるとわかったし。それよりもお伊勢《いせ》参りに行きたいな。ねえ、あんちゃん、一緒に行かない？　お伊勢参り」

「無理でございますよ。やすはお伊勢講もかけていませんし」

「路銀のことなら心配はいらないわ。あんちゃん一人分くらい増えても清さんが出してくださるから」

「そうは参りません」

やすはきっぱり言って、その話を打ち切るように袂から包みを取り出した。さっき台所で一度出したけれど、女中さんに渡す間もなくここに連れて来られてしまった。

「お伊勢参りができるほどではありませんが、やすももう、女中としてお給金をいただく身になりました。それで、こんなものしか買えませんでしたけど、お土産をお持ちいたしました。実は昨日から用事があって八王子に行っていたんです。今日、帰りに内藤新宿でこれを買いました」

小さな包みを開けると、掌《てのひら》に載るほどの大きさの犬張子が現れた。

「まあ、かわいい！」

「街道沿いに人形を並べている店がありました。お犬様は安産や子供のお守りですし、初宮参りの時には、犬張子やでんでん太鼓を帯に下げてお参りすると聞いたことがあります。お小夜さまのお子様の初宮参りには、きっと清兵衛さまがもっと立派なものを用意してくださるでしょうから、これは無事にお産が済みますようにと、やすの願掛けでございます。おそばに置いていただければ」

「もちろん、そばに置くわ！」

お小夜様は犬張子を自分の胸に押し当てた。

「嬉しい！　あんちゃんが小夜のために、買って来てくれたのね！」

「せっかく八王子まで行ったんですが、八王子縞《しま》は高価なものなので、とても買えません。それに八王子宿の手前の日野《ひの》に泊まったので、八王子織物の店を見て歩くこともできませんでした」

「あんちゃんが買ってくれたものなら、どんなものでも嬉しいわ」

お小夜さまは頬をほんのりと紅《あか》く染めていらした。

「日野って、なぜあんな遠くまで？」

「へえ、以前紅屋で一緒に働いていた女中さんが、病気療養しているんです。紅屋の番頭さんが見舞いに行くと知らせをもらったので、連れて行っていただきました。帰りは日野の石田《いしだ》村の方に送っていただきました」

やすは、番頭さんが夜道で追いはぎに襲われたこと、それを石田村の若者に助けられたこと、その若者に日本橋まで送ってもらったことなどを話した。お小夜さまは面白そうに聞いていらしたが、ふと、何かを思い出したようなお顔になった。

「ちょっと待って。その若者の実家で薬を作っているのよね？」

「へえ」

「なんという薬？」

「あ、薬の名前を訊《き》くのを忘れました。でも飲む時に水ではなく、酒でといて飲むという変わったお薬です」

お小夜さまは、ぱんぱん、と手を叩《たた》いた。

「へーい」

若い女中さんがすぐに現れた。

「おきみはいる？」

「へえ、先ほど戻りました」

「ならちょっとここに来てと伝えて」

「へい」

ほどなくしてやって来た、おきみという名の女中さんは、おしげさんより少し若いくらいだろうか。

「へえ、奥様。なんでございましょう」

「おきみ、この前見せてくれた薬、まだ持ってる？」

「ああ、あれですか。すみません、男衆の一人が足をくじいたというので、飲ませてやりました」

「あの薬は、日野で作られているって言ってたわね」

「へえ、江戸で買えますが、作っているのは日野の石田村だと聞いています」

「薬の名は何と言うの？」

「石田散薬でございます。打ち身や骨の痛みなどによく効くと評判で。ああでも、奥様、先日も申し上げましたが、どうかあれを飲んでいることは旦那様には内緒にしてくださいましね。薬種問屋十草屋の奉公人が、民間薬など飲んでいると知られたら叱られてしまいます」

「旦那様はそんなことで叱ったりはなさらないわ。でも確かに、うちの奉公人が民間の粉薬なんか飲んでいると噂《うわさ》になったら旦那様も困るわね。見つからないように気をつけなさいね」

「へい」

おきみが消えると、お小夜さまは笑い出した。

「本当に、十草屋の奉公人が田舎薬に頼っているなんて、世間に知られたら笑われるわね」

「十草屋さんでは、石田散薬は扱われないのですか」

「うちは生薬の問屋なのよ。漢方医学に使われる薬草を扱っているの。民間の薬というのはその材料も製法も、漢方医学に沿っていないし、処方するのも医師ではないから、漢方医は認めないのよ。でも石田散薬は江戸でも人気があるくらいだから、それなりに効能はあるんでしょうね。そういう薬を作っているのなら、農家と言ってもきっとかなりのお金持ちね。その歳三《としぞう》さんとは、またお会いするお約束をしたの？」

「いいえ。品川にはいつか行きたいとおっしゃってましたけど、約束というようなものでは」

「あらもったいない」

「もったいない？」

「だって、なかなか良さそうな若者じゃないの。歳《とし》はいくつかしら」

「さあ、二十歳《はたち》かそのくらいかと」

「だったらちょうどいいじゃないの。番頭さんを助けてくださるような親切な人で、剣もできる。実家は裕福だし、後継ぎではないからお気楽な身分よ。それに見た目もよろしいんでしょう？　その方に決めなさいよ、あんちゃん」

「決めるって、な、何を」

「とぼけないで。あんちゃんだってもう、年が明けたら十七よ。真面目《まじめ》に考えないといけないわ、お嫁入りのこと」

「や、やめてください。やすは金輪際、嫁になど参りません。やすは紅屋に戻ってまたお勝手で働きます」

「そんなこと言ったって、まわりがほっといてくれないわよ。年頃《としごろ》の娘が独り身でいれば、どこか良い嫁入り先を探してやろうとみんなが思うのよ。それが世間よ」

「世間がどうであれ、やすはもう決めております。やすには夢がございます」

「夢？」

「へえ。お小夜さまは今でも、女の蘭方医になりたいと思っていらっしゃるのではありませんか」

お小夜さまは、やすをじっと見つめた。そして小さくうなずいた。

「……お勉強は続けています」

「やすも同じなのです。やすにも夢があり、そしてその夢の為《ため》には、嫁にいくよりも紅屋の台所で働くことの方が大切なのです」

「お嫁にいっても働くことはできるわ」

「へえ。けれど、やすは怠け者です。弱虫です。逃げ道があれば逃げてしまいます。料理人の修業はただでさえ厳しいものです。ましてや女が料理人として認められるには、ちっとやそっとの苦労ではとても追いつきません。夫を持ち、子供を持ってしまったら、きっとその苦労から逃げ出して、妻や母であることに満足してしまうと思います。ですから、やすは嫁には参りません。もう決めました」

お小夜さまはまた、少しの間黙ってやすを見つめていたが、やがてその腕を伸ばし、やすの背中を引き寄せた。やすは中腰になって、お小夜さまの胸に体の半分を預けた。

お小夜さまの心の臓が、とくん、とくん、と優しい音をたてる。

お小夜さまの匂《にお》いがした。野に咲く花のように可憐《かれん》で、けれど気持ちが晴れ晴れと涼しくなるような爽《さわ》やかな匂い。

「決めたのね」

お小夜さまの声が、静かにやすの耳に届く。

「あんちゃんは、そう決めたのね。それがあんちゃんの、道なのね」

「へえ」

やすは答えた。

「小夜にも何か、できることはある？　あんちゃんが決めた道を歩くのに、小夜にも手伝えることはあるかしら」

「ございます」

やすは言った。

「これからもずっと、お小夜さまのことを、わたしの仲良しさん、だと思い続けることをおゆるしください。娘の時を過ぎて、顔に皺《しわ》が入り、髪が白くなっても、ずっとずっと、お小夜さまのことを……大切に思い続けたいんです。お小夜さまは、わたしの心の支えです。同じ年頃の娘さんと遊んだ記憶もなく育ったわたしにとって、お小夜さまの仲良しさんにしていただけたことは、どれほどの喜びだったことか。その想《おも》い出が胸にある限り、この先、辛いことがあっても耐えられる、そう思います。お小夜さまのお顔を思い浮かべれば、笑顔になれる、そう思います」

「ずっと」

お小夜さまのお鼻が、やすの額につんと当たった。

「ずっとずっとずっと……二人ともおばあさんになっても、わたしたち、仲良しでいましょうね。わたしもあんちゃんのこと……おやすちゃんのことをいつまでも大切に思うわ。いつか蘭方のお医者になるって夢も、決して捨てない。だってあんちゃんが自分の決めた道を真《ま》っ直《す》ぐに歩いていくんですもの、小夜だって負けていられない。小夜はお嫁に来て、妻になり母になり、まわり道をするけれど、夢は手放さない」

「へい。わたしも手放しません」

「二人でいつか、夢を叶《かな》えましょうね」

やすはうなずき、少し甘えて、お小夜さまの掌に頰を押し当てた。

日が暮れてしまったので、やすは後ろ髪をひかれる思いで十草屋を出た。どうして泊まってくれないの、深川に帰るのは明日の朝でもいいのに、とむくれるお小夜さまをなだめるのに苦労したけれど、やすはもう、台所が恋しかった。たった二日包丁を握らなかっただけでも気持ちが落ち着かない。

大川《おおかわ》を渡るとあとはもう、気がせくままに駆け出した。二日続けて長い道のりを歩いて疲れ切っているはずの足なのに、深川の街並みに入ると痛みはどこかに消えてしまい、やすは駆け込むようにして、『さいや　いと』の勝手口の戸を開けた。

「ただいま戻りました」

やすの声に、台所の小上がりに座っていたおいとさんが跳ね上がった。

「おやす！　無事に戻ったんだね！」

下駄もはかずに畳から飛び降りたおいとさんは、やすをがっしりと抱きしめた。

「よかったよかった！　暗くなっちまったから、迎えに行こうかと思っていたところなんだよ」

「ごめんなさい、早くに日本橋まで戻っていたんですが、十草屋さんに寄って来ました」

「例の、百足屋《むかでや》のお嬢さんのところかい」

「へえ。こちらに来てからお会いしていなかったので」

「お腹が大きいとか言ったね。大丈夫だったのかい」

「へえ、ややこが出てくるところが少し緩んでいるとかで、起きてはいけないとお医者さまに言われて、ずっと寝たきりなんだそうです。でもそれ以外はすこぶるお元気そうでした。久しぶりにお会いできてとても楽しかったです。でも日が暮れるまでには戻るつもりだったんです。本当にごめんなさい。すぐ夕餉《ゆうげ》の支度をします」

「何言ってるんだい、昨日今日で八王子まで行って帰ったんだから、さぞかしくたびれただろうに。夕餉なんざあたしがちゃちゃっと作っちまうんだから、いいからおやすはここにお座り。お茶をいれるから。おそめさんとおゆきちゃんも、すぐに戻って来るよ。末吉《すえきち》は今日、昼であがってるんだよ。実はね、仁兵衛《にへえ》さんが、末吉のうちでの働きぶりを認めてくれたようなんだ」

「仁兵衛さん……あ、末吉さんの思いびとの」

「そう、おはるちゃんの父親さ。菊川《きくかわ》べりの長屋をいくつも任されてる大家だよ。前にも話したけど、末吉はもともと材木問屋の息子で、実家が火事を出して潰《つぶ》れてからも材木問屋で奉公していたんだ。口下手だけど真面目で、その頃は仁兵衛さんも末吉のことを気に入っていた。おはるちゃんはまだ子供だったから、末吉と添わせようとまでは思ってなかったろうけどね、あのまま働いていたら、おはるちゃんと恋仲になったことを喜んでくれただろうね。なのに地震で奉公先も潰れて主人が亡くなって、あとを継いだ番頭に嫌われて……末吉は何一つ悪いことしちゃいないのに、仕事も何もかも失った。仁兵衛さんだって悪い人じゃない、そんな末吉を気の毒だとは思ってるんだよ。だけど娘と添わせるとなれば、ちゃんと仕事を持って稼ぎもないとねえ。だが末吉自身が、もう奉公にはうんざりしちまってて、奉公先を探そうとしない。それで仁兵衛さんも、そんならおはるとの仲は認められないってね。だけど、うちに来てから末吉が毎日毎日、真面目に天秤棒《てんびんぼう》を担いで煮売りをやってるところをちゃんと見ていたんだね。あれだけ真面目に働ける男だったら、娘のことも大事にしてくれるだろうって。仁兵衛さんから昨日、つかいが来てね、一度末吉に、ちゃんと挨拶《あいさつ》に来てくれってさ。仁兵衛さんには息子がいない、大家の仕事のほかに副業をいくつか持ってるから、末吉を婿にしてそっちの商売をやらせてもいいと思ってくれてるんじゃないのかね。まあそこまで一足飛びにはいかなくっても、とにかく挨拶に来いってことは、おはるちゃんとの仲は認めてくれる、ってことだろう？」

「よかったですね！　本当に、よかった」

おいとさんも嬉しそうにうなずいた。

「あたしも昨日から、嬉しくって。今朝はやたらと早く目が覚めちまってさ、死んだ亭主の形見にとってあった、ちょっとばかり上等な着物と羽織を抱えて末吉の長屋まで押しかけて、身支度を整えてやったのさ」

やすの胸に、温かいものがこみあげて来た。いつも言葉少なだけれど、やすに優しい眼差《まなざ》しを向けてくれる末吉さん。真面目に生きているのに不運が続き、若くして困難な人生を背負っている人。でも、そんな末吉さんを仁兵衛さんはちゃんと見ていてくれたのだ。

真面目にこつこつと働いていても、地震や火事、高潮で何もかも失ってしまうことがある。そんな時に、天を恨み人を恨み、何もかも投げ出してしまいたくなったとしても誰にも責めることはできない。あの政さんでさえ、おかみさんをお産でなくした時には心が壊れてしまい、お酒に逃げた。包丁すら握ることをやめ、博打《ばくち》にあけくれ、野垂れ死にの一歩手前まで落ちた。それが人の弱さなのだ。誰にでも、そうした弱さはある。けれど政さんは、大旦那さまに救われた。紅屋の人々に助けられた。そして今がある。末吉さんのことも、おいとさんが手を差し伸べて、そして仁兵衛さんが助けようとしている。

人は、一人では生きていけない。どうしようもなくなった時に、誰かが差し出してくれた手を握ることで、ぎりぎり救われることがある。

いつの日か、自分も誰かにこの手を差し出せる時が来るといいのだけれど。わたしなんかでも、誰かを助ける役に立つ日が来たら、いいのに。

その時の為に、誰かを救える人になりたい。この手を握って、と言える人に。

❖

翌朝からは、いつもの日々が待っていた。

おいとさんにと土産に買ったものは風鈴だった。内藤新宿の張子や人形を並べた店に置かれていた、地味な南部鉄《なんぶてつ》の風鈴は、信じられないほど澄んで美しい音がした。結ばれた短冊には誰かの達筆で、芭蕉《ばしょう》の句が書かれていた。おいとさんはその音色がすっかり気に入り、夏まで待てないと二階の窓枠に吊《つ》るしてしまった。季節はずれの涼しい音色が、時折勝手口の庭から聞こえて来る。

おそめさんには張子の鳩《はと》を。とても素朴で愛らしい顔をした鳩で、小鳩と合わせて売られていた。並べて置くと、親鳩と小鳩が何か話をしているように見える。親鳩の背中には丸い穴が開いていて、中に陶器のお猪口《ちょこ》が埋め込まれている。そこに水を注いで、野の花を摘んで飾ることができる。おそめさんは二羽の鳩を抱きしめるようにして胸に押し当て、涙ぐんでいた。それほど感激してもらえたことに、やすは驚いた。おそめさん母子《おやこ》は嫁ぎ先を追い出された時、本当にわずかの物しか持ち出すことができなかったのだ。おそらく二人が暮らしている長屋には、飾り物など一つもないのだろう。安物の小さな花入れであっても、それは二人の慎ましい暮らしにとっては、贅《ぜい》沢《たく》な喜びになるのだろう。

　おゆきちゃんには、千代紙人形。千代紙と言っても丈夫で高価な漉《す》き紙で、それを折って何枚か重ねてあり、柱などに吊るして飾ることができる。けれどおゆきちゃんは、人形を受け取った途端にそれを胸元に入れてしまった。おゆきちゃんの小さなあわせから、女童のぺったんこの顔が覗いている。おゆきちゃんは人形に、おみつ、と名前をつけて、以来ずっと懐《ふところ》に入れたまま、何かにつけて、ねえおみっちゃん、そうよね、おみっちゃんと話しかけている。

　そして末吉さんにも、やすは土産を買っていた。木綿に藍《あい》で、鮎《あゆ》が染められた手ぬぐいだった。藍とは言っても、それほど高いものではなく、染めむらがあるので土産物屋で売られているような安物だ。しかも柄が鮎で、風鈴同様に季節はずれだからさらに安かった。やすの貯《た》めた銭では、それでも精一杯だったのだが。

　末吉さんは照れたように、いらねえよ、おいらはいいよ、と固辞し続けた。おいらなんかより、あんたが使いなよ。そんな上等なもん、おいらはいらねえ。

　上等ではない、土産物屋で安売りしていたようなものだと言ってようやく受け取ってもらえたが、翌日からも末吉さんは、古い、煮しめたような色に変わった手ぬぐいを腰に下げていたので、気に入ってもらえなかったのかな、と少しがっかりした。が、おいとさんが笑いながら教えてくれた。

「末吉ったらね、あんたからもらった手ぬぐいを大事に畳んで、いつも懐に入れてるんだよ。だったら腰に下げて使えばいいのにって言ってやったらさ、なんて言ったと思う？　旅の土産なんてもの貰《もら》ったことがねえから、もったいなくてありがたくて、そんなもん使えねえよ、だってさ」

品川は旅人の街。そこに慣れて、やすは忘れていた。普通に暮らす人々にとって、旅は滅多にない出来事だ。おそらく一生を旅に出ることなく終える人の方が多いだろう。旅の土産を誰かから貰う、それ自体が稀《まれ》なことで、嬉しいことなのだ。

やすは、たったふた月でも品川を出て暮らしてみて良かった、と思った。土産一つでここまで喜ばれるほど、旅、とは特別なものなのだ。そのことがわかって、この先旅籠の料理人として一層の心構えができたと思う。

師走《しわす》に入り、日一日と寒さが増して来た。日暮れが早くなって朝は遅い。なんとなく一日中、せかされているような気分になる。世間もまたそんな気分なのだろうか、心なしか通りを歩く人も早足に思える。

年が明けたらおそめさんが自分の店を持つことになった。おいとさんがあちこちつてを頼って掛け合って、猿江町《さるえちょう》に小さな貸し店《だな》を借りられることになった。女一人で振り売りは難儀だから、店で惣菜《そうざい》を売るようにしたらいいと、人通りの多い通りに店先が面していて、住まいもついた貸し家に決めたらしい。店賃も割安で、大家は隣に住む後家さんだという。

「娘を抱えて苦労している人だと知って、店賃を安くしてくれたんだよ。自分も早くにご亭主を亡くして苦労して息子を育て上げたから、大変なのはよくわかる、ってね。お江戸も人情が薄くなったなんて言われてるけど、まだまだ捨てたもんじゃないねえ」

おいとさんは自分のことのように嬉しそうだった。

だがある日、井戸で野菜を洗って台所に戻ると、そんなおいとさんとおそめさんが何やら言い争いをしていたので驚いた。

「まったくあんたも大概、頑固だよ」

おいとさんが頬を膨らましている。

「そんなことしなくていいって言ってるじゃないか。あたしゃね、暖簾《のれん》分けなんてもんができるようなお店を持ったつもりなんかないんだからね。せっかく自分のお金で店を出すんだから、自分の名前をつけるのが当たり前だろう」

「いいえ、わたくしもおゆきも、おいとさんの名前のお店を出したいんです。おいと揚げの幟《のぼり》を店の前に立てたいんです！」

いつもは楚々《そそ》とした静かなおそめさんも、頬を赤くして大きな声を出している。

「何がなんでも、店の名は『さいやいと　さるえ』にいたします！」

やすは思わず、噴き出してしまった。二人とも意固地になっているけれど、喧嘩《けんか》まですることではない。おいとさんがいけないのだ。おそめさんは、そうでもしなければおいとさんに受けた恩を返しきれないと思っている。それほどおいとさんに感謝しているのだ。それがわかっているのに、その気持ちを素直に受け取らないおいとさん。でもそこが、おいとさんのいいところだ。おいとさんは心が綺麗《きれい》で、誰かを助けてもそれを恩に着せるのが嫌いなのだ。おいとさんは、自分は江戸の女だ、といつも言っている。江戸の女なんだから、無粋なことはできないよ。

恩着せがましいことをするのは、無粋の中の無粋。

でもおそめさんにも武家の女の意地がある。受けた恩義は必ず返す。他人の下駄を履いて歩き回るようなことはしない。

どっちもどっち。やすは、そんな二人のことがとても好きだ、と思った。

結局、猿江町に出す店の名前は『さいやいと　そめ』となった。二人とも折れようとせずに睨《にら》み合ったままでいたところに、手習い所《どころ》から帰ったおゆきちゃんが、そんならおいとおばさんと母様のお名前を並べたらいいのに、と言って、あっさりと決まってしまった。

やすは煮売りする惣菜を作りながらも、二つのことを常に頭に置いていた。一つは、十草屋清兵衛さまに食べさせる、柔らかいものが好きな人でも美味しく食べられる、でもしっかり噛《か》んで食べる料理。そしてもう一つは、おいとさんから出されたお題の、煮売屋が振り売りできる豆腐の料理。

食べられる物を無駄にすることはできないので、野菜の切れ端まで無駄にせずにあれこれ試した。おそめさんは、新しく出す店でおいと揚げを売ることで、おいとさんに恩返しをしようとしている。それならわたしは、豆腐料理を考え出すことで恩返しをしたい。生まれて初めて自分一人で寝られる部屋に掛け布団まで用意してくれ、煮売り惣菜を伝授してくれた上に、八王子へも行かせてもらった。

どんな料理にしたらいいか、おおよその考えはまとまっている。煮売りの惣菜を買う人は独り身の男が多いと聞いた。買った惣菜をそのまま飯のおかずにできることが大事だ。鍋《なべ》に入れて温め直したり、何か手間をかけなくては食べられないようなものは好まれない。だから豆腐にはしっかりと味を含ませないと。だが醬油《しょうゆ》と味醂《みりん》で煮ただけでは、振り売りで持ち運ぶ間に崩れてしまう。いり豆腐のように初めから崩してあればいいが、それではただの、味の濃いいり豆腐になってしまう。豆腐の四角い形はそのまま生かし、崩れないような工夫がしたい。片栗《かたくり》の粉をまぶしてさっと揚げ、醬油で味をつけただし汁をかけて食べる揚げ出し豆腐は、豆腐が崩れずに、誰にも好まれるおかずだが、だし汁を温めて上からかける、という手間がかかる。けれどだし汁をかけなければ物足りない。

その物足りなさを、あらかじめ豆腐に味を含ませることで補えないだろうか。豆腐を煮込んでから粉をまぶして揚げるのだ。そうすれば、だし汁をかけなくてもおかずとして食べられる。

そこまで考えて何度も試してみたが、醬油と味醂でしっかり煮た豆腐はやはり崩れやすく、水切りのように含ませた煮汁を切ってから粉をまぶして揚げてみると、揚げたては香ばしくて美味しいのだが、冷めると今ひとつぼんやりとした料理になってしまった。飯がすすむ、というほどの味ではない。

やすは焦っていた。深川で過ごせるのも年明けまで。三が日が過ぎたら品川に帰ることになっている。すでに、元気になって品川に戻った番頭さんからは、普請もあらかた終わり、あとは新しい畳を入れたり、蔵にしまってある掛け軸や花瓶を出して飾ったりするばかりだと文が来ていた。新年の七日を過ぎたら、実家に戻ったり親戚《しんせき》の家に身を寄せたりしていた奉公人たちも皆戻って来る。松の内が明けて旅人の往来が増える頃には、新しい紅屋を始めたい、とあった。

そんな最中に、浅草《あさくさ》から海苔《のり》が届いた。海苔を抱えて勝手口から入って来たのは、まだ年の頃は十六かそこらの、お侍なのか町人なのかはっきりしない若者だった。その年頃の武士であればすでに元服して月代《さかやき》を剃《そ》っているだろうに、若者の髪はまだ伸びたまま結んであるだけで、けれど腰には刀をさしている。

「おや、一郎《いちろう》さん」

おいとさんの知り合いらしい。

「なんでまた、あんたさんが海苔を運んでいらっしゃったんです」

「たまたま海苔屋の荷車に『さいや　いと』と書かれたこれが載っていたんで、どうせついでだからと預かって来ました」

一郎と呼ばれた若者は、抱えた海苔の束をどさっと板の上に置いた。

「あらあら、そんなにたくさん注文しちゃいませんよ」

「余分はお歳暮だそうです。今年もありがとうございました、と言付かりましたよ」

「なんとまあ、景気のいいこと」

「いや、傷物だから遠慮せずに、とも言ってました」

あはは、とおいとさんは笑った。

「だったら遠慮しないでもらっときましょうか。傷物ったって、浅草のしおやの海苔なら上等だよ。おやす、見てごらん。艶々《つやつや》としていい海苔だろう。これも品川で採れた海苔さ。あんたの帰る、品川の名産だよ。一郎さん、この子は品川の旅籠、紅屋のお勝手女中で、おやすちゃん。年内だけ手伝ってもらってるんですよ」

「山路《やまじ》一郎と申します」

若者は姿勢良く頭を下げた。やはり武士の子息らしい。

「や、やすと申します」

武士の前では相変わらず、硬くなってしまう。

「山路のお家はちょっと変わったお武家様でね、空を見るのがお家のお仕事らしいよ」

「空？」

「天文方《てんもんかた》です。父は幕府の天文方のお役についております」

「てんもん……」

「以前にあたしが奉公していたお店が、山路のお家の遠い親戚筋なんだよ。その縁で、一郎さんが幼い頃に、お世話をさせていただいたことがあるんだ」

「とても良くしていただきました。おいとさんは、わたしの乳母のようなものです」

「よしておくれでないかい、あたしは一郎さんにお乳をさしあげたことなんか、ないんですからね」

二人は笑い合った。

「それにしても、なんだってわざわざ?」

「父がまた、正月のごまめをおいとさんにお願いしたいと言っております。わたしもおいとさんが作ってくださるごまめが食べたいです」

「わかりました。昨年と同じようにしてよろしいですね?」

「はい、お願いいたします」

「それじゃ、出来たら末吉に届けさせます」

「いや、わたしが貰いに参ります」

「いいですよ、わざわざ。浅草までなら大川を渡ればすぐですからね」

「よろしくお願いいたします。で、あの」

「はい？」

「屋根にのぼってもよろしいでしょうか」

「今からですか」

「はい。先ほど歩いて来る途中で、面白い形の雲が見えたんです。ちょっと記録しておきたいと」

「あらま。それはいいですけど……おやす、あんたの部屋にちょっと一郎さんが入ってもいいかい？」

「部屋にですか？」

「あんたの部屋の天井から天井裏に入れるんだよ。天井裏から手前の屋根に出られるようになってるの。この家はもともと商家だからね、押し込みから逃げられるようになってるのよ」

やすは呆気《あっけ》にとられたが、すぐに二階へと駆け上がった。布団は畳んであるが、何か男の人には見られたくないものをしまい忘れていたかもしれない！

部屋に入り、見たところ綺麗だと安堵《あんど》する間もなく、一郎さんの声がした。

「おやすさん、入ってもよろしいでしょうか」

「へ、へい」

一郎さんは部屋に入ると、慣れた様子で階下から運んで来た空樽《あきだる》を置き、その上に乗って天井に掌をあてた。掌を滑らせると、天井のはめ板が一枚、横にずれた。それを二度繰り返し、二枚のはめ板をずらすと、一郎さんは、よいしょ、と言いながら身軽に天井裏に上がる。

「おやすさん、あなたもどうですか?」

「へ、へい?」

やすが驚いていると、一郎さんの腕が天井裏から伸びて来た。

「その樽に乗って、この手につかまってください。あなたなら軽そうだから、引っ張りあげます」

「あ、あの、天井裏に行って、わたしは何をすれば」

「なかなか屋根の上に乗ることなんてないでしょう。面白いですよ」

何がなんだかわからないままに、やすは言われた通り樽の上に立った。天井が低いので、やすでも天井裏に手が届く。片手を板にかけ、もう片方の腕を一郎さんに掴まれてひきあげられると、半身が天井裏に入った。そのままお腹をはめ板につけてよじ上る。

「身が軽いですね」

一郎さんは四つん這《ば》いになっていた。

「こっちです。頭を屋根にぶつけないよう気をつけて」

埃《ほこり》だらけの天井裏を這って進むと、格子のはまった小さな窓が見えた。格子は一郎さんが簡単に外した。

「すぐ足がつくので大丈夫ですよ」

一郎さんはぽっかりと開いた窓から後ろ向きに足を垂らし、やがてその姿が消えた。やすは躊躇《ためら》ったが、天井裏に置いていかれては鼠《ねずみ》にひかれそうで怖かったので、一郎さんの後を追った。

一郎さんが立っていたのは、勝手口の真上の屋根だった。

「商家というのはどこも面白いからくりがあるんですよ。押し込みに入られた時に、奉公人は二階に寝ていることが多いので、屋根を伝って逃げたんですね。屋根に逃げる以外にも、隠し部屋があったり、二階の床が二重になっていて間に隠れられたりと、なかなか工夫が凝らされているんです。建てた大工によってからくりが違うので、その仕掛けを見るとどの大工のものかわかったりします。ここのは布団部屋から屋根に逃げられる構造で、まあ最もよくあるものです。昔はおそらく、天井裏から梯子《はしご》が出る仕掛けがあったんだと思いますが、壊れてしまったのか、今はないので樽を使いま一郎さんは屋根の上に座りこんだ。立っていると瓦《かわら》がずれて滑り落ちそうだったので、やすも仕方なく横に座った。

「あの、以前にもここに？」

「年に何度か上がらせてもらってます。ここからだと海の様子がよく見えるんです。ほら、なかなかいい眺めでしょう」

言われた通り、目の前に海が見えた。深川は海に近いところだと頭ではわかっていても、家々がぎっしりと建ち並んでいるので下にいたのではそれが見えない。

「あなたとは、初対面ではありませんよね」

一郎さんが、くすくす笑って言った。

あっ。

やすはその時、ようやく気づいた。あの時の人だ！

ここに来た翌朝、隣家の屋根の上を歩いていた男。てっきり押し込みか夜盗だと思って、顔を見られたと震えあがった。あれは、一郎さんだったんだ！

あの時は驚いたのと怖いのとで、ずっとずっと年が上の男に見えた。もっと険しい顔と鋭い目だと思った。だが今、やすの横に座っている人は、やすと同じ年頃の、とても無邪気な顔をした人だった。

「あの時は驚かせてしまってすみませんでした。あの夜は月が見たくて、お隣の家に頼んで屋根にのぼらせてもらっていたんです」

「月も見るのですか」

「月も星も、日も雲も、なんでも見ます。空にあるものはなんでも。わたしの家は百年ほど前から幕府の天文方となり、代々それを務めています。わたしは父に教えられ、見習いをしています。天文方というのは、空にある様々なものを見て、記録して、計算をし、暦を作る役目です」

「こよみ」

「はい。暦は人々の暮らしのもとになります。暦によって、人は季節を知り、種まきの時を知ります。もっとも肝心なものは星の動きです」

「お星さまの動き。……わたしは朝が早いので、星をゆっくり眺めることはあまりありません。日が暮れると眠くなるので、夕餉の片付けを終え、台所の掃除が済んだら早く寝るようにしているんです。起きているとあぶらももったいないです」

「あはは、ではわたしや父とはまるで反対ですね。父は浅草の天文台で仕事をしていますが、わたしはまだ見習いなので、江戸中を歩きまわっては、空を見るのに良さそうなところを探しています。天文台の天球儀など使わせてはもらえませんから。ああ、いい雲だ。ほらごらんなさい、あの雲。なんと面白い、天狗《てんぐ》の姿をしていますよ」

一郎さんが指差した先には、なるほど、天狗の鼻のように細長く伸びた雲があった。

「あの雲もこよみになるのですか」

「いいえ、雲はあまり関係ありません。でも雲も、季節によって形を変えますからね、空にあるものはすべて、つながりを持っているとも言えますね。ただ、雲を眺めるのはわたしの遊びなんです」

「遊びですか」

「はい。楽しいので眺めています。おやすさんは楽しくないですか、雲を見ていて」

そんなことは考えたこともなかったけれど、そう問われてみれば、やすは今、自分は楽しんでいると思った。

「へえ……楽しいです」

「よかった。女の人で、雲を眺めていて楽しいと言ってくれる人は他にいません。あなたに楽しんでもらえて、本当に良かった」

やすは微笑《ほほえ》んだ。なぜか、とても心が落ち着いた。こんなにゆったりとした気持ちになったのはひさしぶりだった。

屋根を歩く人。お江戸には不思議で面白い人がいるものだ、とやすは思った。

十一　新しい年を待ちながら

「鳴り始めたねえ」

おいとさんが、いつものようにお茶をいれる。

「もう除夜の鐘が始まった」

「なんとか終わりましたね」

あちこちから注文を受けていた正月料理も配り終え、末吉《すえきち》さんは大晦日《おおみそか》を仁兵衛《にへえ》さんの家で過ごすのだと、笑顔で帰って行き、おそめさんとおゆきちゃんも、黒豆やごまめ、煮しめなどを詰めたお重を持って長屋にひきあげた。

やすは台所を隅々まで掃除し、鍋《なべ》も一つ一つ磨いた。三が日は店を休むので、もうこの台所で惣菜《そうざい》を作ることもない。

最後に作った料理を皿に盛りつける。数日前にやっと、美味《おい》しい、と思うものができた。

「おいとさん、これを食べてみてください」

「なんだい？」

「遅くなってしまいましたけど、豆腐の惣菜です。振り売りできるような豆腐のおかず」

「ああ、できたのかい！」

皿の上には、黒いものが並んでいる。

「これは……海苔《のり》？」

「へい。しおやさんからいただいた海苔を使いました。豆腐をしっかり煮てからだしを切って乾かし、海苔で巻いてから揚げました。わざと冷ましてあります。温めなくても美味しいと思います」

ひとくちほどに四角く切られた豆腐を煮含めてから海苔で巻くと、崩れにくい上に、冷めても海苔の風味が香ばしくて美味しく食べられる。それをさらに揚げることでこくが出て、一品でも飯のおかずにして食べ応《ごた》えのあるものになった。

「おや、これはいいね！　なるほど、海苔の風味があるから飽きがこないであとをひくねえ。白い飯にも、酒にも合うよ、これは。それにこれなら振り売りで持ち歩いても形が壊れない。おやす、お手柄だよ、これは。さっそく年明けから売り出そう。さて今度はどんな名前にしよう？　おやすが考えたんだから、豆腐のおやす巻き、か、おやす揚げ、がいいかねえ」

「あの……できたらこれを、豆腐の品川揚《しながわあ》げ、と呼んでもらえたらと」

「品川揚げ？　海苔なら江戸では、浅草《あさくさ》だよ。浅草揚げの方が良くないかい？」

「へえ、でも、浅草の海苔は品川で採れた海苔です。こんなに美味しい海苔が品川では採れるんです。そのことを、ちょっぴり、自慢したいんです」

やすは頰《ほお》を染めて言った。

自慢したい。品川の海を自慢したい。

品川を離れて暮らしてみて、やすは自分が心の底から品川を大切に思っていることをあらためて感じた。

深川《ふかがわ》は良いところだし、お江戸自体もやはり面白い。けれど、ずっと暮らしたいとは思わない。品川の海が見えないところでは、わたしはもう、生きられない。

振り売りできる豆腐の惣菜を考えていた時に、何度かちらちらと頭をよぎったのは、そのことだったのだ、とやすは気づいていた。自分が新しく作る料理は、品川の海なくしては生まれないのだ、と。

これから先もきっと自分は、品川の海に根ざして生きていく。

「わかったよ。そうしようね。品川揚げ。いいじゃないか」

おいとさんは笑顔でもう一つ豆腐を食べた。

「ああ、美味しいねえ。品川の海の滋味を感じるようだ。ところでね、おやす、あんたに一つ頼みがあるんだけど」

「へえ、なんでしょうか」

「あの、おいと揚げだけどね……あれの作り方、新年の寄り合いの時に他の煮売屋にも教えていいかい？　あれはあんたが考えた料理だからね、あんたがゆるしてくれないとね」

「それは……それは構いません。作り方と言ってもほとんどさつま揚げと一緒で、中にいろいろとその時々に余った具を入れるだけですから。でも具によっては、塩加減を変えたり、味醂《みりん》を足したりはしています。どんな具の時にどんなものをどのくらい足すかまでは、帳面につけてないので……いつも味見をして、その時に決めているんです」

「わかってる。だからあんたが作るおいと揚げほど美味しいもんは、誰《だれ》にも作れやしない。そのことは寄り合いの時もちゃんと言っておくよ。せっかくあんたが考えてくれた惣菜で、幟《のぼり》まで作ったのに、なんだってそれを商売敵に教えてやるんだって、腹が立つだろうけど、どうかこらえておくれ」

「腹は立ちませんけど……でもどうしてわざわざ、他の煮売屋さんに教えてあげるんでしょうか。おいと揚げが評判を取ったとは言っても、料理人ならあのくらいのものは、食べてみれば作り方などわかると思うんですが」

「以前にあんたに話したことを憶《おぼ》えているかい？　同じ商売やってるもんに妬《ねた》まれたらいろいろ困るってこと、話したよね」

やすは思い出した。紅屋《くれないや》が奉公人に手厚いことで、品川の他の旅籠《はたご》が紅屋をやっかんだりするんじゃないか、そうおいとさんは言っていた。そう、あの時、惣菜が人気になって一軒の煮売屋だけが儲《もう》かったらろくなことにはならない、という話も出ていた……

「どなたかに、文句を言われたのですか」

「いいや、文句なんか言われちゃいないよ。でも、おいと揚げの評判は寄り合いでも取り沙汰《ざた》された。みんな顔はにこやかで、たいしたもんだとか、繁盛で何より、なんて言ってはくれるんだ。でも……目を見ればわかるよね。なんでおまえんとこばっかり客が増えるんだ、と、内心で忌々《いまいま》しく思ってることは。末吉はおはるちゃんと所帯を持つために仁兵衛さんの仕事を手伝う事になるだろうから、振り売りには若い子を一人雇うしかないし、来年は料理の方を手伝ってくれる女の子が来ることにもなってる。あんたやおそめさんがいなくなったら、手伝いがいないと今ついてるお客さんに惣菜を届けられないからね。これからもあたしは、この深川で、やっていかなくちゃならないんだよ。儲けは欲しいけど、よその店が傾くほど客を集めたいとは思わない。ご同業と仲良くやっていくのも、小さい商売には大事なことなんだ」

「それで、作り方を」

「うん。よくよく考えて、おいと揚げはうちの名物じゃなく、深川の名物にした方がいいんじゃないかと思った。舌がしっかりした料理人なら、作り方を教わらなくたって真似《まね》はできる。でもあたしの口から、皆さんで良かったら作ってみてくださいな、と申し出れば、作り方を真似ただの味を盗んだだのって争う必要もなくなる。……こういう考えは、おやすには承服できないだろうね。まだ争いにもなってないうちに、尻尾《しっぽ》を丸めた犬みたいにへつらって媚《こ》びて、なんて情けないと思うだろう。でもね、あたし一人でこの店を守り抜くには、下げる頭を惜しんじゃだめなんだよ。年内はおいと揚げのおかげでいい儲けがあった。だから新年からは、それをみんなで分けてもらう。そうしておけば、あたしが困った時にみんなが助けてくれる」

やすは、おいとさんの言葉を嚙《か》みしめるように考えてみた。

同じことがあったら、政《まさ》さんならどうするだろう。紅屋が奉公人に手厚いことで本当に妬まれているのだとしたら、どんな風に頭を下げたら、波風が立たないようにできるのだろう。

やすには、わからなかった。

わからないけれど、ここはおいとさんの店で、深川はおいとさんの居場所だ。だからおいとさんが正しいと思うようにすべきなのだ。それだけは、わかった。

「へい」

やすは言った。

「おいと揚げは、深川の皆さんで育てていただくのがいいと思います。いろんな具で試してみて、いちばん深川らしい味のものを、深川揚げ、と称してもいいのでは」

「深川揚げ、かい。それはいいね。あんたの品川揚げに負けないように、みんなで色々試して美味しくしてみるよ」

おいとさんは、にこやかに微笑《ほほえ》んだ。

「ああ、もう年が明けちまうねえ。去年は地震、今年は颶風《ぐふう》。悪いことばっかり続いたよ。来年はどうなるのかねえ。このふた月、あんたが来て、おそめさんとおゆきちゃんが来て、本当に賑《にぎ》やかで楽しかった。でもあんたたちみんな、年が明けたらそれぞれ新しい生活を始めるんだよね。それはめでたいことだけど、やっぱり、寂しいねえ」

「また手伝いに来ます。人手が足りなくなったら紅屋に文《ふみ》をください。必ず来ます」

「ほんとかい？　来てくれるかい」

「へえ、必ず」

おいとさんの目が、きらりと光って見えた。まさか、とやすは思った。おいとさんに涙は似合わない。

除夜の鐘がまた一つ、鳴った。

安政《あんせい》三年が終わる。

新しい年は、たくさんいいことがありますように。

やすは祈った。

この作品は、月刊「ランティエ」二〇二一年五月号～二〇二一年十一月号までの掲載分に加筆・修正したものです。

文小時
庫説代
し 4-7

あんの夢《ゆめ》 お勝手《かって》のあん

著者 柴田《しばた》よしき

2021年12月18日第一刷発行
2021年12月28日第二刷発行

発行者 角川春樹

発行所 株式会社 角川春樹事務所
〒102-0074 東京都千代田区九段南2-1-30 イタリア文化会館

電話 03(3263)5247[編集] 03(3263)5881[営業]

印刷・製本 中央精版印刷株式会社

フォーマット・デザイン＆シンボルマーク 芦澤泰偉

ISBN978-4-7584-4449-1 C0193

http://www.kadokawaharuki.co.jp/[営業]
fanmail@kadokawaharuki.co.jp[編集] ご意見・ご感想をお寄せください。